微 篇 小 说

时 代 记 录

尚
书
房

金络渡

聂鑫森 著

南海出版公司

2020·海口

图书在版编目（CIP）数据

金络渡／聂鑫森著 .-- 海口：南海出版公司，2020.8

ISBN 978-7-5442-9687-8

Ⅰ.①金… Ⅱ.①聂… Ⅲ.①小小说—小说集—中国—当代 Ⅳ.① I247.82

中国版本图书馆 CIP 数据核字（2019）第 221308 号

JINLUO DU

金　络　渡

作　　者	聂鑫森
责任编辑	李凤君
装帧设计	马顾本
出版发行	南海出版公司　电话：(0898) 66568511（出版）(0898) 65350227（发行）
社　　址	海南省海口市海秀中路 51 号星华大厦五楼　邮编：570206
电子信箱	nhpublishing@163.com
经　　销	新华书店
印　　刷	北京军迪印刷有限责任公司
开　　本	787 毫米 ×1092 毫米　　1/16
印　　张	12.5
字　　数	23 千
版　　次	2020 年 8 月第 1 版　　2020 年 8 月第 1 次印刷
书　　号	ISBN 978-7-5442-9687-8
定　　价	69.80 元

目
录

老南瓜

在我们南门村，最喜欢种南瓜的是南门酉。

"南门"是个复姓，相传其先祖的先祖是京城看守南门的官，也就有了这个姓。南门酉常说的一句话是："先人守南城门，我守南瓜地，不算辱没老祖宗。"他之所以名"酉"，因为他是酉时出生的。不过，他对酉字有另外的解释，"酉"与"酒"同义，所以他此生酷好杯中之物。

南门酉年近花甲了。大脸盘、大眼睛、大嘴巴，体量矮墩墩的，结实、粗壮，像一个老南瓜。他姓里有个"南"，又喜种、会种南瓜，便有了个外号"老南瓜"。其实他读过初中，又喜欢看书，待人亲和，整天快快活活的。

别家种南瓜，不过是一畦两畦，作为蔬菜中的一个品种而已。南门酉是成片成片地种，屋后的坡地上，屋前的菜园子里，种的都是这玩意。当然他也种点别的蔬菜，不过是个点缀，供餐桌上自用调换口味。

他种的南瓜品种，是家传的，叫落地鼎瓜。春三月点种，藤叶满地爬，不需要搭棚立架。夏秋之间，瓜陆续成熟，像立地的鼎，壮实、笃定，重的可达四五十斤。南瓜是个好东西，鲜嫩的叶、藤、花可以做菜，清香可口；瓜肉可炒可煮，既当菜又当饭，还可以和入米粉做成南瓜粑粑。把瓜肉切成片，晒干，再下油锅炸，就成了可口的点心——油炸南瓜片。

有人问他为什么喜欢种南瓜，他说的理由很充分，第一是好看，第二是祖传的"合花"技术需要历练，第三是有喝不完的南瓜酒。

南瓜好看吗？南门酉认为它比什么花草都经看耐看。南瓜属葫芦科，一年生草本，点种后，下过几场春雨，出秧了，长藤了，爆叶了，慢慢地从藤叶间冒出一朵朵金黄色的小花。渐渐宽大的叶子，成五裂状，密密匝匝，碧沉沉的；花冠也长出大的裂片，花身长而尖，像一支支裂口的铜喇叭。一只只巨大的手掌，捧着一支支铜喇叭，威武雄壮。南门酉走在藤叶间，裤管被刮划出清亮的声音，好像出自铜喇叭口，很阳刚，很撩拨人。

可惜如今到瓜地里来，只有他孤零零一个人了。老伴早两年在一场大病后，走了。儿子早已在城里安家立业，孙子也上初中了，他们要接他到城里去住，他说："我离不开这些南瓜地，城里哪里去找南瓜酒？再说，我身体好着哩，多余的南瓜有人上门来收购，你们别记挂我。"

南瓜要结得多、长得壮实，全靠"合花"。南门酉的合花诀窍，是爷爷和父亲手把手教的，可惜老人们都过世了。南门家的合花，不在白天，而是在有月亮的晚上。月亮叫作太阴，这时候给雌花授粉，真正是天造地合。

南瓜是雌雄同株异花植物，每株苗上有雌、雄两种花。当天色渐暗，月亮升起来了，南门酉提一盏马灯，拎一张草席，一个人悄悄去了南瓜地。先在一块空地摊开席子，放下马灯，然后借着月光慢慢巡看瓜花。看准了，他掐下一朵雄花，把花冠朝下，与雌花的花心相对，先是轻轻抖动雄花，然后把两花的大裂片互相交结，就像男女的手足交结在一起，再扯一茎细长的草，把交结处不松不紧地缠绕起来。南门酉看过这方面的书，叫作"合花"或"卡花"，还有个雅致的说法是"合欢"，乡下人干脆叫"戮花"。南门酉不忘在合花后，摘一片南瓜叶，盖在两朵花上面。月光洒在瓜叶上，稠稠的，慢慢地流动。瓜叶下，是花美美的梦。

南门酉在合花时，总感到有一双眼睛藏在什么地方，在偷偷地窥视他。他只是淡然一笑：你能看出什么门道吗？他装着什么也不知道，你想看就看吧。干完了该干的活，他在草席上坐下来，抽烟，仰头望天上的月亮。

忽然不远处，传来一个好听的声音："合了花，为什么还要盖一片叶子？"

"那叶子是它们的碧罗帐。"

"老南瓜，你是个惜花人。我走了。"

"不送。"

南门酉一年四季都有南瓜酒喝。他酿酒的方法很独特，当第一个南瓜快熟时，便在瓜蒂旁钻两个深深的小洞，把做甜酒的酒曲捣碎成粉，从小洞中灌了进去，再用湿湿的泥巴把洞口封死。过上十天左右，酒便酿熟了。他饮酒的方法也很有趣，干了一阵活，从口袋里掏出一根打通了节巴的小竹管，扳开南瓜洞口的泥巴，插入瓜内，俯身吸吮。啧啧，太好喝了。喝几大口后，再用湿泥巴封住小洞，留待下次再喝。他会按时间顺序，酿出一"坛"一"坛"的酒，于是酒如流水不断。冬春两季呢，他的地窖里放着一个一个的老南瓜，都是灌了酒曲的，上面标好了日期，到时取出来喝就是。

南门酉的酒曲，是从村里夏秋香开的小店里购来的。这个店子南杂北货，什么都有卖。夏秋香不到五十岁，人长得好看，待人也客气。只是命不好，丈夫早几年在外跑生意，出车祸死了，她硬撑着让孩子读完了大学，然后留学去了美国。南门酉除买酒曲外，油、盐、酱、醋、茶，什么都到小店去买。

这一天，南门酉去买一件红背心。夏秋香问："老南，我想买你一样东西，不知肯不肯？"

"叫我老南瓜吧，亲切。买什么东西呢？"

"南瓜酒。"

"你也想喝酒？"

"正是。"

"不要买，我给你送来就是。"

"老南，那怎么好意思。"

"住在一个村，不是一家人吗？"

夏秋香的脸蓦地红了。然后说："有月亮的晚上，我想……近近的……看你怎么合花……"

南门酉愣了一下，说："只要你不嫌弃，只管来看……"

喜　子

　　仲夏的早晨，才六点多钟，宋喜已穿戴齐楚，白衬衣、灰长裤、黑皮鞋，衬衣上套一件印着"幸福婚庆公司"金字的红马甲，潇潇洒洒地走出了小院的大门，紧跟在后的是妻子惠莲。

　　"喜子，开车要小心。"

　　宋喜连忙回转身，用京腔念白："夫人，喜子别过了——"

　　惠莲说："你沦落到为婚庆公司开婚车接亲，还这么快乐。"

　　宋喜仰天大笑。

　　待妻子关了院门，宋喜口念锣鼓点，然后高声叫板，再走到巷道中央，亮相，接着便边走边唱起了《空城计》中诸葛亮的唱段："我正在城楼观山景，耳听得城外乱纷纷。旌旗招展空翻影，却原来是司马发来的兵……"声音顺着长而曲的巷道向前涌动，好听极了。出巷口就是大街，宋喜的声音戛然而止，理一理衣衫，急步走向他供职的婚庆公司。

巷子里的男女老少，每天早晨都听到宋喜的这一段唱腔。宋喜还会唱别的吗？会，但他几十年如一日，就爱唱这一段。

宋喜还有别的业余爱好吗？有，下象棋。只要不是落雨下雪，晚饭后，他在院门口支起可以从中间折叠起来的小方桌，桌面上刻着棋盘，备上两把矮板凳、棋子和茶壶、茶杯，等着巷中的棋手来对弈。他年轻时打过谱，记性好，也有悟性，很少有输的时候。下棋时，他一言不发，落子快，也不计较人家的悔棋。有好面子的人，他会在三局之中，有意下和一局或输一局，而且让对方看不出来。

宋喜五十岁了。和他同年的妻子原是街道小厂的工人，退休了。儿子在宋喜事业还很兴旺时，成家了，住在雨湖边的一个住宅区，过他们的小日子。

住在这条名叫曲曲巷里的男女老少，都不叫宋喜的大名，众口一声叫的是小名：喜子。不管在什么场合，宋喜都会笑呵呵地应答。他很快乐，不但名字带着"喜"字，人也长得像尊欢喜佛，体量高大，膀阔腰圆，胖胖的脸上笑也显得"胖"。他的快乐不是装出来的，是自自然然从心里往外淌，就像开了盖的啤酒瓶，往外"嘶嘶"地冒出洁白的泡沫，又真实又透明。

有人说宋喜的快乐，是没心没肺的傻乐。巷中的老寿星甄观尘，当过小学、中学的语文老师，腹笥丰盈，如今九十岁了，阅人多矣。他对说话的人淡淡一笑，意味深长地感慨道：

"喜子哪里是傻乐？是智乐！他虽没读过多少书，却能把世事看个通透。他能大富大贵，也能清贫自守，快乐却是一个恒量，这很了不起。"

宋喜读过高中，却不想去读什么大学，高高兴兴到码头的搬运队去当苦力。干了几年，拜拜！置办一辆脚踏三轮车沿街卖水果，不管生人熟人，秤杆抬得高，价钱还公道，小贩生涯让他开心。接着，三轮车换成了一辆大卡车，还雇了两个伙计，长途贩运水果搞批发，赚了不少钱。水果按节令上市，荔枝、黄桃、苹果、鸭梨、枇杷、佛手、香瓜……他先乐颠颠地给各家送一小篮尝鲜。一辆卡车又变成几辆卡车，有了大门面、大仓库，宋喜也坐上了豪车。但他的豪车停在巷子附近的一个停车场，出巷、进巷都是步行。巷中人家有了红白喜事，他会悄悄送去丰厚的礼金。突然有一天，几辆大卡车和豪车不见了，门面和仓库也没有了。他去了一家婚庆公司当司机，一当就是五个年头。

这么大的家产，怎么说散就散了呢？

宋喜不对人说，惠莲也是一问三不知。怪！

每早出门，宋喜还是叫板，还是唱"我正在城楼观山景"，还是一副笑模样。每天傍晚，宋喜依旧在自家门前摆上棋桌，实质上的赢和名义上的"输"与"和"，他都不在乎，独乐乐不如众乐乐。

真正可以和宋喜棋逢对手的，是老寿星甄观尘。甄老黄昏时出门散步，经过宋喜的棋桌时，见还没有人上桌应战，就会坐下来下一局。身边没有观棋的，他们一边下棋一边说些闲话。

"喜子，那个五年前借你二百万去还债的老同学，后来去了大西北创业，没跟你联系吗？"

"你老是怎么知道的？"

"我的一个学生说的。"

"钱借出去了，解了人家的难，就是一件高兴的事。他不联系我，我也不想他。我有饭吃有衣穿有房住，没什么可愁的。"

"在婚庆公司开车，累不累？"

"快乐得很哩，总是看见有情人终成眷属。"

说完，宋喜拎起红"车"，长驱而下直到对方的底线，轻声说："将军！"

甄老落下一个"马"，微微一笑，说："我算了算，结局只能是一个'和'。你说呢？"

"甄老，你是神算，我服了。哈哈。"

金钱花

古城湘潭雨湖边的这条巷子，叫什锦巷。巷子长而曲，住着二十几户人家，一家一个或大或小的庭院。院里的空坪谁也不会让它闲着，种树、植草、栽花，总有几个品类，让春光秋色怡目养心。

可简家的小院里，就栽一种花：金钱花。先长苗于土，再移栽于盆，一盆盆的金钱花搁在高低低的木架上。

金钱花属菊科，又名旋覆花、金榜及第花，多年生草本植物，开花于农历六月伊始，黄色，大小如铜钱，飘袅淡雅的香气。一入秋，花则愈见金黄灿烂。

简家的当家人叫简亦清，在附近的平政小学教语文，高高瘦瘦，面目清癯，走路慢慢吞吞，见人一脸是笑。但据说他讲起课来声震屋宇，学生的精神不能不为之一振。他很安于现状，教小学语文没什么不好，一待就是几十年。同事们都知道他腹笥丰盈，尤其在中国文字的研究上颇有心得，用笔名写了不少这方面的文章公开发表，去教初中、高中的语文，是可以举重若轻的。但他从没想过调离这码事。

简亦清的妻子是街道小厂的工人，工资不高。独生子简而纯考大学时，填的志愿是商业学院的财会专业，父亲问他为什么不想读中文系。他说："我将来想搞经贸，让家里的日子过得富足。"简而纯毕业后，果然去了一家私营企业当会计师。

简亦清的业余生活，很简单，一是侍弄金钱花，二是备课、看作业、读书。他对简化字的推广觉得很滑稽，这把"六书"所称的象形、指事、会意、形声、假借、转注都搞乱了，是得不偿失。他嘴上当然不说，但在课堂上讲到某个简化字时，必写出相应的繁体字加以阐释，学生受益还感到有趣。

简家的日子，正如简亦清的名字：简单、清吉。但是，不露怯，巷里谁家有红白喜事，别人怎么送礼，简家也怎么送礼；电器、家具、衣服、饮食可以不讲究，但简家购买必需的书籍，却从不吝啬。

简亦清身体不怎么好，眼睛发涩（看书太多）、喉咙上火发痛（讲课太用力）、气阻痰多（元气不足）。他懒得上医院，只是用深秋采摘后晒干的金钱花泡水喝，据说很有疗效。

有人问他："简老师，你栽金钱花，是自备良药治病吧？"

"此其一。也可以为别人预防病和治病，此其二。"

问话的人笑了，是另一种意味的笑。现在医疗条件多好，谁得病会去吃这金钱花，主人是企望日进斗金吧？

简亦清执教杏坛育人多矣。学生中，当官的，从商的，搞科研、文教的，大有人在。他们现在成气候了，总会记起简亦清当年说过的一句话——一辈子的道路取决于语文，于是格外专心语文的学习，因而大有收益。师恩不可忘啊，便常会登门来看望简亦清，聆听教诲。学生告别时，简亦清总会送上一盆金钱花，和一张用毛笔写了字的花笺。

正在走仕途的，花笺上写的是唐代陈羽的《金钱花》诗："袅露牵风夹瘦莎，一星星火遍棻棻。闲门永巷新秋里，幸不伤廉莫怕多。"

"简老师，这诗是你的夫子自道，也是对我的警诫。谢谢。"

有经商当了大老板的，花笺上写的是唐代皮日休的《金钱花》诗："阴阳为炭地为炉，铸出金钱不用模。莫向人间逞颜色，不知还解济贫无。"

"简老师，我懂得你的意思，赚了钱勿忘做公益慈善事业，我会牢记在心的。"

……

简家的金钱花，年年是满院子的清香，满院子的金黄。

儿子简而纯成家了，有孩子了。

简亦清额上的皱纹，一年年地深，一年年地密。就在他办好退休手续的时候，突然病倒了。医院一检查，是肺癌晚期，六个月后安详辞世。秋风飒飒，枫叶萧萧。

有一天，简而纯兴冲冲跑回家来，对妈妈说："我们公司董事长的父亲做七十大寿，为了彰显富贵气象，寿堂内外都要摆上金钱花。他说要买下我家的金钱花，每盆两千元，全都要了！妈，一笔大钱哩！"

老人突然板下一张脸，大声说："你爹生前没卖过一盆花，他走了也不能卖。老板要摆阔，可以去堆金磊银，别糟践这花了！"

简而纯垂下头，喃喃地说："老板会怎么看我？妈……"

"我只记得你爹说过的话：要常想世人怎么看我！"

"……"

顺风车

一连四个早晨，在六点四十分的时候，三十八岁的付忠林，就急急地从"江山置业"社区的地下停车场，把他那辆米黄色的"悦动"小车开出来，停在社区的大门边。

等着去送老婆上班、儿子上学？不。老婆刘素素教书的小学，离社区不过两百米，儿子也在这所小学读三年级，都用不着坐车。他这么早把车开出来干什么？等待搭顺风车的人！

湖南方言把"顺路车"叫作"顺风车"。付忠林住在株洲的城南，他的广告公司却开在城北的清水湾。从"江山置业"出门后，便是一条笔直的由南而北的建设路，全长十公里。一个人开车，还空着好几个位子，可以让人搭顺风车。车身上贴着一张白纸，上面醒目地用毛笔写着粗黑的仿宋体字："江山置业"至清水湾，请搭顺风车，不收费！

奇怪的是，许多人从车旁走过去，瞥一眼那张纸，嘴角便泛起淡淡的笑。难道没有一个人，在建设路两边的单位上班？难道不相信他决不收费？难道害怕中途会遭到敲诈勒索？他是这里的固定住户，有家有室；光天化日之下，车经过的都是繁华路段，有什么值得担忧呢？

付忠林茫然不解。

几天前，报纸上倡导有车的人，搭乘顺路的人上班，既可和谐邻里关系，又可缓解城市的交通压力。付忠林决定身体力行，一个人开车、坐车，再捎带上三四个人，又轻松又热闹，多好。

居然没有人愿意搭他的顺风车，他问妻子这是为什么。

妻子说："彼此不熟悉吧。"

"不对，我们搬到这里都一年了，见了面也打招呼也聊天。"

"怕无端领了你的情，没法子回报。"

"瞎扯。又不是为他特意开车，有什么可回报的。"

"付忠林，你累不累？想来想去的。有人坐，你开车；没人坐，你也开车！"

今天是第四个早晨了。

忽有一个单瘦的身影，缓缓地移过来。他戴着一副近视眼镜，双鬓微白，微笑着问："先生，我叫马力，住一栋三〇三室。我去清水湾，可以搭你的车吗？"

付忠林高兴地说："谢谢你的搭车。我叫付忠林，住五栋二〇六室。请上车！"

马力上了车。

又等了一阵，再没有人来搭车了。

付忠林叹了口气，说："马先生，只有你相信我，肯搭我的车。"他按了声喇叭，一踏油门，车便呼呼地跑起来。

"付先生，你在哪个单位工作？"

"我自己开一家广告公司，上上下下有几十号人哩。"

"哦，你的事业很红火，后生可畏。"

"马先生，你呢？"

"原单位是化工厂，是搞技术的。"

"幸会。马先生，我就不明白，人们怎么不愿意搭我的车？"

"因为你是老板，属有钱阶级。"

"我不是愿意让人来搭车吗？"

"他们认为你是施舍，宁可保持一种所谓的清高，这是仇富心理的另一种表现。在我家的阳台上，可以看见你的车，你等了三个早晨了，不容易。"

"终于等来了马先生，这是伟大的胜利。"

"我不能不来坐你的车。其实，我已经从总工程师的位置上退休了，不需要上班了。"

'今天是去厂里看看？"

'不！我得破一破这种世俗之见。靠勤劳、智慧致富，有房也有车，不去崇尚，倒变成了嫉妒、怨恨、冷淡，正常吗？

这是真正的俗到骨子里了。"

"你是为了安慰我。"

"我是怕冷了你的这一片爱心，更怕社会的公德受到歧视。"

付忠林的眼睛湿润了。

"谢谢马先生。"

"值得谢谢的是你，付先生。从今天开始，我每早都来坐你的车。"

"你怎么回来？"

"到了清水湾，我去厂里转一圈，再坐公交车回家。"

"那多费事啊。"

"一种新风气的传播，都要费心费力。等到有第二个人坐你的车，我就可以'退休'了，哈哈。"

……

半个月过去了。

付忠林的车上有了第二个乘客，是一个四十多岁的女同志，在一家超市当营业员。马力本想马上下车的，但一想：不行，女同志疑心重，以为是个什么圈套，也跟着下车怎么办？

付忠林问："马先生，你……"

马力立即打断了他的话，说："厂里还有事要办哩。"

又过了些日子，车上有了第三个、第四个乘客。

马力一直坐到付忠林的那家广告公司的门口，两人都下了车。

"付先生，我是最后一次坐你的车了，明天我和老伴要去北京了，去看看我的孙子！大家逐渐接受你和你的车了，社区里有车的人，都在向你看齐哩。再见！"

　　付忠林看着晨光中马先生的背影，缓缓地远去，忍不住大声喊道："马先生，祝你明天一路顺风！"

鸳鸯锁

这是个春雨如丝的午后，六十岁的杨老大领着颜笑和茅矛，离开农家休闲村，沿着石磴道，朝左侧的一个小石坪走去。小石坪叫"天长地久"坪，立满了一排一排的铁索链架子。每个架子古朴、结实，两根大石柱，绷着五根黝黑的铁索链，像五线谱一样；铁索链上套牢了一对一对的鸳鸯大铜锁。所以，这条处于张家界远郊的大峡谷，叫鸳鸯谷，是四年前开发的一个景点。更吸引人的是谷中碧水盈盈，必须乘船进来，而且随处可见野生的成双成对的鸳鸯。

颜笑和茅矛，是午前乘大木船进入鸳鸯谷的。一个来自北京，一个来自广州，各乘各的航班飞机，又各乘不同的旅游大巴来到这里，先后相差不过四十分钟。

他们都不到三十岁，曾共读于北京的一所大学，只是专业不同：男工女文；尔后分别供职于北京的一家化工厂和一家报社。持久的恋爱，终于结果，四年前他们旅行结婚专门来到鸳鸯谷，看鸳鸯戏水，购鸳鸯锁并让工匠分别刻上彼此的名字，再两锁相挽套牢在铁索链上，位置是 A 架的第三条链！然后，彼此各珍藏一把锁的钥匙。

天长地久吗？难，那是一句美丽的谎话。当他们回到北京，开始庸常而紧张的生活时，才发现浪漫是一种昂贵的消费品。小套间的出租屋月租三千，伙食费、衣装费、交通费、通信费、应酬费……让他们应接不暇。看一场进口电影大片，犹豫再犹豫；品一次酒吧的洋酒，惶怵又惶怵。埋怨声此起彼伏，吵架成了家常便饭。好在都很理智：暂不要孩子。两年前，大吵了一顿后，性子急的茅矛辞去北京的这份工作，应聘去了广州的一家报社。偶尔两人也打打电话，不冷不热地问候几句，于是，婚姻成了一种摆设。该有个了断，把离婚证办了，但他们也有个心结：不能不再次在鸳鸯谷聚首，为的是去把鸳鸯锁打开、丢弃，才可无牵挂地去寻找新的爱情。

他们乘船进谷，在农家休闲村住下来。原本都是单栋的双人鸳鸯小木屋，但他们却各住相邻的一栋。吃饭时，颜笑要做东，茅矛淡淡地说："AA 制吧，你不是富翁，我也不是穷人。"

午饭后，他们到"天长地久"钥匙库去。管理鸳鸯锁架和钥匙库的，是本地人杨老大。四年前是杨老大给他们办的手续：购锁、刻姓名、套锁。杨老大接待的客人太多，已经不认识他们了。可他们认识杨老大，只是头上的白发多了，额上的皱纹密了。

杨老大站在一排高大的箱柜前，问他们："你们不是有自备的钥匙吗？"

茅矛说："掉了。"

颜笑说："忘记带了。"

"你们想分手？"

他们点点头。

"不对。你们不带钥匙，说明有舍不得对方的地方。"

杨老大叹了口气，然后问了他们的鸳鸯锁位置，便从一个箱柜里寻出了两片钥匙。

他们默默地朝小石坪走去。

雨丝虽细，却是密如帘帷。

颜笑说："茅矛，你没带伞？头发打湿了，你会感冒的。"

"伞丢在木屋里了。感冒就感冒吧，反正没人管。"

颜笑说："我的提包里有伞。"

茅矛说："我只用苏州出产的红绸折叠伞，你有吗？"

"有！专为你准备的。"

颜笑掏出伞，"啪"的一声打开了，递到茅矛的手上。然后，径直往前走去。

杨老大回过头来，说："你们进谷坐的那条船，驾船的就是我的独生儿子，今年三十二岁了。"

茅矛说:"他的土家族民歌唱得真好,唱着唱着两眼都是泪。"

颜笑说:"那时,不远处的水草丛中,正好钻出一对鸳鸯,他就唱道,'不怕风雨不怕霜,不怕穷苦不怕殃。我等你——碗大的棒槌打不散,天上人间永成双。'"

杨老大仰头望天,叹了一口长气,然后说:"儿子早结婚了,儿媳是山那面的人,又漂亮又能干。他们是赶场时对歌好上的。她嫁过来后,我的老伴患风湿病瘫痪了,农活、家事累人啊。她动员儿子一起去深圳打工,儿子不肯,要守在家乡照料母亲,要和我一起在鸳鸯谷接待游客。她就一个人走了,几年都不回来。儿子呢,却在这里苦苦等着她。"

茅矛把伞盖低下来,遮住突然发热发烫的脸。

颜笑问:"大娘瘫在床上,你也不容易啊。"

"白天,请邻居帮忙照看。我和儿子要赚钱、存钱,然后把她送到省城长沙或者北京去治病。她跟着我苦了一辈子,我要好好地照顾她。古人说贫贱夫妻百事哀,可如果像鸳鸯一样,至死都在一起,那是一种福分。"

他们来到了"天长地久"小石坪,径直走到A架前。颜笑和茅矛用手拨动第三根铁索链上的鸳鸯锁,铁与铜发出低沉喑哑的声音。

"在……这里。"

"是……这一对锁。"

杨老大用两片钥匙,分别伸进两把锁的锁孔里,拧了这把又拧那把，怎么也打不开。

"怎么会打不开呢？"杨老大像问自己，又像问他们。

颜笑和茅矛突突急跳的心，慢慢地平静下来。他们彼此望了望，又慌忙把目光移开。

杨老大说："是拿错了钥匙？还是这锁有感应，硬不肯分开？反正你们今晚住在这里，明天来，好吗？"

他们几乎是同声回答："好。"

"这附近还有几个景点：夫妻岩、对歌台、桃花溪，都沅传着一个个天长地久的爱情故事哩，你们去看、去听吧。记住，晚餐在我家吃，你大娘看见成双成对的年轻人，病就要轻几分哩！"

……

夜深了，雨丝仍在飘飘洒洒。

茅矛听见相邻木屋的门，小心地拉开又带上，接着，悄悄的脚步声朝她的木屋走来。她忙赤脚下床，蹑手蹑脚去把门闩抽开，然后兔子一样钻进热烘烘的被子里。

以孙的名义

壁上的大挂钟，沉宏地敲了二十二下，已是夜里十点了。

鬓发微白的贺萱，呆呆地坐在沙发上，不想看电视，不想喝茶，只盼着老伴祝济人快点回家，她有好多话要对他说。灯光下她的影子，寂寞而凝重。

再过半个月，儿子祝可和他的女朋友舒馨，恋了两年的爱该打上一个圆满的句号——举行婚礼。为了这一天，她和祝济人拿出了历年的积蓄，买了一套一百四十平方米的电梯房，花了六十多万元；又抛出二十万元装修和购置家具、电器；再准备拿出五万元办酒宴。好在祝济人是中医院的在职著名大夫，拿的是正教授级的工资；她原是一家机械厂的工程师，虽说五十五岁时退了休，工资还是可观的。祝济人从早到晚，忙得兴致勃勃，看不完的病人，开不尽的单方，家事是不能指望他的。祝济人有一句很搞笑的口头禅："我只管赚钱，不管花钱。"于是，贺萱就只能料理花钱的大小事项了。

儿子新婚房子的装修，虽说是找了专业队伍来操持，可她得对材料的质量、图纸的施工，进行认真而细致的监管和检验，累啊，但累得喜气洋洋。

今天午后，她领着儿子、儿媳去商场选购电视、空调、欧式家具、厨具、餐具……然后由商场派一辆大卡车和几个工人，呼啦啦地拉到住宅楼前，再呼啦啦地搬进这套房子，在适当的位置上摆好，然后说声"拜拜——您啦"，又呼啦啦地走了。

房子里就剩下他们三个人。

贺萱关切地问："你们近来忙吗？"

舒馨立即接上话："忙，忙得天昏地暗的。祝可在市政府接待处，客人来了一批又一批。我们歌舞团在排新节目，为迎接建市六十周年。几个舞蹈节目里都有我，我的腰都扭痛了哩。"

祝可忙问："现在还痛吗？哪个部位？"

"这里！还有这里！"

祝可伸出手去抚摸，舒馨嗲声嗲气地直叫唤。

贺萱轻轻叹了口气。这个傻儿子，就不问问老妈，为他们搞装修、买东西累不累？儿媳不问她不怪，可儿子怎么不问呢？

这门亲事贺萱原本是不乐意的，舒馨虽是个普通演员，却很张扬，总摆出一副明星的架势；儿子和她在一起的时候，只听见她指手画脚地说话，儿子基本上没有话语权。舒馨出身的那个家庭，贺萱也不喜欢，不是因她父母是街边摆烟酒摊子的下岗工人，职业无贵贱，这是起码的常识，而是他们常来委婉地说："亲家公，你业余做好事，为人家义务把脉开方，人家总得送些好烟好酒吧，要不太亏了。烟、酒多了，你们交给我们去卖，盈利二五分红。"

这种习气，真让贺萱和祝济人受不了。可儿子看中的是舒馨的漂亮，百依百顺。罢、罢、罢，就只这么一个独生子，他爱怎么着就怎么着。

舒馨向祝可使了个眼色，祝可马上说："妈，我……们有个事，想和你商量。"

贺萱说："你说。"

"这房子是爹和你给我们买的，房产证上落的是爹的名字。"

"是啊，这叫婚前财产。但归根到底，将来还是你们的。"

"妈，舒馨的爹说，也要对我们表示关爱，希望为这套房子补贴四万元钱。"

"买房和装修，我们有这笔钱。他们给你们四万元钱，你们收了就是。"

舒馨的脸拉长了。

祝可结结巴巴地说："妈，他们……是想让我们的下一代……记得他们的慈爱。钱给了我们，也……没个念想。"

贺萱明白了，舒馨的爹出四万元钱，是要在房产证上加上他的名字。这样一来，房子就为两家所有了。一旦发生什么变故，这房子舒家有一半！她愤懑，她伤心，多少反驳的话语欲冲口而出。但她忍住了。小两口新婚在即，何必让儿子受夹板气呢，区区四万元钱，就要跻身"房主"之列，天底下没有这么自私的人了。

她在听完儿子的诉说后，从容地说："你们的想法很好。但是……祝可的爸爸是家里的顶梁柱，挣的钱多于我。我会去和他商量，最后决断的还是他，你们别着急！"

舒馨说："妈，我们不急，你和爸好好商量一下。我们结婚的日子也定了……也没定，就等着你们一句话。哎哟，我腰痛。祝可，我爹打电话来了，叫我们去吃晚饭哩。"

说完，舒馨挽起祝可的手，头一昂，朝门外走去。

贺萱在他们走后，腻腻地打的回了家。当她打电话给祝济人，得知他不能回家吃晚饭时，她也不想吃晚饭了……

到晚上十一点钟时，祝济人回来了。

当着丈夫的面，贺萱忽然大哭起来。

"贺萱，有什么委屈，你说呀。"

贺萱这才止住了哭声，抹干泪水，一五一十地叙说来由。

听完了，祝济人突然仰天大笑，说："很好。舒馨的父母很爱未来的外孙呵，难能可贵。那么，我们与他们，还要在房产证上落什么名？就落孙的名字吧。尽管儿媳目前还没有怀孕，但孩子总会有的。你让小两口定个时间，两家的老人、孩子吃个饭，一定订一家大酒店，我来做东，一起把这事定一下。"

贺萱问："他们会同意吗？"

"哼。他们愿意得罪未来的外孙吗？我们未来的孙，不管是男是女，都叫祝舒，表示这孙属于祝家和舒家。这套房子，业主就是祝舒！"

于是，两家在本城的五星级酒店聚餐。

酒过三巡。

清瘦而精气十足的祝济人，对舒馨的父亲说："你们对未来的孙充满爱意，我们也是啊。你们要补贴房子四万元，无非是想在房产证上加个名字，我看就不必了。我们都入老境了，房主是我也罢，加上你的名字也罢，有什么意义呢？我们未必都会长生不老。你赚钱不易，四万元留着你自个儿花吧。我也不要这个名分，不都是为了后人吗？"

舒馨说："爹，您是有学问的人，说得在理。房产证上，总得署个名字呵。"

祝济人哈哈一笑："我们都年纪大了，望孙心切啊。不管将来你生男生女，都叫祝舒，是祝家和舒家的孙！亲家的四万元就不必付了，留着他们慢慢享用。房主是未来的孙，房产证就落祝舒的名字。你看如何？"

舒馨说："爸，我是演员，我还不想就生孩子。"

祝济人说："我们可以慢慢等，房子反正是祝舒的，房产证我们保管着。亲家，你们看呢？"

"好。我同意。"

“要得。”

舒馨说：“爹，妈，你们也催我生孩子？”

“我们也想外孙哩。”

祝济人又笑了，端起酒杯来，说：“亲家，来，我们再干一杯！”

秋海棠

今夜的月亮很大很圆，清辉从窗口泼洒进来，小小客厅里立即盈满了晶洁的月光。这月光使人觉得极为清凉，到底是秋天了。

客厅里的沙发上和正中的一张藤椅上，静着三个人影，一动也不动。壁上的石英钟"嘀嗒嘀嗒"地响着，响得很单调，很沉闷。

坐在藤椅上的贺静庵，微闭着双眼，左手有一下没一下地拧着下巴上的一绺胡须，右手无力地垂放在膝上——那是一次车祸给他留下的记录。

作为一个全城闻名遐迩的书法家，从此再不能执笔挥毫了。书房兼卧室里的那张大书案上，笔筒里插着一大把各色毛笔，很痛苦地瑟缩在一起。而那方用了几十年的大端砚，也蒙上了一层轻尘。是的，自从右手伤残后，他就再没有写过字了。

他咳了一声，好像在提醒坐在对面沙发上的儿子和儿媳：你们想说什么就说吧，何必这么呆坐着呢？

儿子贺帆望了妻子小欣一眼，小欣把嘴努努，脸上什么表情也没有。

"爹。"贺帆怯怯地叫了一声。

"嗯。"贺静庵轻轻地应了一声。

"爹。一年前您给我四十万元钱，去购新房，那幢楼早已完工了，我们也把它装修好了。"

"哦，我听说了。"

"原先……定了个三室一厅。但是……但是……"贺帆一张脸憋得通红，怎么也不能把底下的话说出来。

小欣横了他一眼，嘴一噘。

贺帆马上说："但是……小欣的爹妈年纪大了，想和我们一起来住……"

贺静庵依旧平静地坐着，鼻子里轻轻"哼"了一声，然后说："是吗？"

小欣说："我爹妈原本住在我哥那里，他们不习惯，想……住到这里来。"

贺静庵忽然叹了一口气，他还不至于糊涂到什么也不明白，这小两口的心思他是估摸得出的，分明是要把他留在这套老房子里。

他能去凑那个热闹吗？随即，一种浓重的悲哀渐渐地从心上漫起，顷刻间便席卷到全身各个部位。是啊，他不中用了，除了一点退休工资外，他还有什么呢？什么也没有了！妻子在十年前过世了，临终前对他说："好好傍着儿子过日子吧，将来等儿媳进了屋，再添个孙子，一家人热热闹闹，该多好。"

他怎么不想好好过日子？可孙子还没出来，儿子儿媳就要撇开他了。

"你们什么时候搬呢？"

"爹，您的手不方便，一起去吧。"小欣热情地说。

"不，不。还是让我留在这里。楼下面有小饭馆，吃饭是不用愁的。我的左手也很方便，洗个什么还应付得了，你们放心去吧。"

儿子低下了头。

"爹，我们明天就搬好吗？我们只搬我们房里的东西，彩电、冰箱就留给您吧。"小欣薄薄的嘴唇飞快地动着，话语似乎带着口红的色彩。

贺静庵说："彩电、冰箱，你们也拿去吧，我一个老头子要它做什么。"

"谢谢您，爹。"小欣满脸是笑。

贺静庵慢慢地站起来，摇动了一屋的月光。

"我累了，先去歇息了。"

他朝自己的卧室走去，觉得身上有些冷。

第二天，楼底下停了一辆大卡车，小两口把他们需要的东西都搬走了。

临走时，小欣说："爹，您没事时，来我们家走走吧。"

贺静庵说："你们好好过日子，不要记挂我——我会自己照顾自己的。"

屋里空了，不仅是少了家具，少了冰箱、彩电，少了儿子和儿媳。不仅是少了这些，他觉得心上空了一大块，一种被遗弃的痛苦时时咬噬着他，命运真会捉弄人。

妻子死时，他不过五十岁，儿子贺帆刚好十七岁，高中还没毕业。他遵照妻子的嘱咐，就这么一心一意地领着儿子过日子：做饭、洗衣、为儿子补习功课。夜深人静，儿子睡了，他便在大书案上苦练书法，楷、行、草、隶、篆，特别是草书，很有点怀素的风骨，却又有他自个儿的东西。他办过个人书展，出过专集，有些作品还流传到国外。

许多人见他领着个孩子，日子过得实在艰难，都来给他做媒。他怕孩子受委屈，一一婉拒了。

文联里有个画儿童连环画的女同志，叫刘文，丈夫病故了，不过四十岁，模样不错，性情又好，对他很有点意思，他也没同意。这刘文至今还没找哩。唉，想不到儿子大了，成家了，首先想到的就是离开这伤残了右手的爹。

日子真是悠长得很，看着窗前的太阳升起，又看着它落下。天变黑了，空荡荡的屋子里，只他一个人。他想找个人说话，没有，只有几堵墙壁。

这日子该怎么打发呢？

他又开始练书法了。把墨磨得浓浓的，在大书案上，铺上看过的废报纸，用左手拎起笔，在上面练书法。左手握笔真难，但反正他不图什么，无非消磨时间而已。先练颜字帖，再练赵字帖，再习魏碑，再临汉隶……夜以继日，废寝忘食。

日子不再那么枯燥无味，他从一笔一画中，体味着古人的心境、情绪、韵致，许多烦恼也就如风吹散。他觉得自己年轻了，对许多事再也不那么计较了。

他还去市面上买回了几盆菊花，搁在阳台上，写累了，就踱到阳台上去观赏，猛力地吸着菊花清苦的香气，连肺腑也感到格外清爽。

刘文忽然来看他，捧着一盆秋海棠，叶肥花瘦，别有一番情致。五十岁的刘文，还这么精神。

她站在门口，说："我来看看你，送你一盆花。"

他愣住了，半天才说："请进。"

刘文笑一笑，走进客厅，然后又把花端到阳台上去，顺便还浇了点儿水。她忽然发现摆在书房地上的大大小小的条幅，是宣纸写的，一笔好字，况且是左书！是草书！

她像个孩子似的惊呼起来："静庵，你成了。这字比你右手写得好！所谓书法，易熟难生，易熟难拙，这字古拙得可爱，你成了！"

"是吗？"贺静庵有些不相信，问道。

"真的，你成了。另是一番面目，送两幅给我吧。"

"行。"

贺静庵喜滋滋地题款：刘文女史雅属。贺静庵书于×年×月×日。然后钤上印，递给刘文。

刘文说："谢谢。你应该再办个个人书展。"

他说："没有兴趣，玩玩而已。"

刘文正色说："我知道你为的什么，世界上好多事都要想开些。一个人有追求，也就不寂寞了。让我来帮助你吧，我马上去找书协、美协的同志谈，这是我们大家的事！"

他木木地点点头，心里热乎乎的。

一个月后，贺静庵个人书展热热闹闹地拉开了序幕，参观的人络绎不绝，一片喝彩声。

刘文站在签到桌边，招呼着前来参观的各界人士，忙得额上尽是汗珠子。

在展出的最后一天，由贺静庵当场挥毫进行销售，人们在大书案前排着长队。

刘文走过来问："吃得消吗？"

他感激地点点头："还行。这钱，我一分不要，全捐给儿童美术创作中心，好吗？"

"谢谢。"刘文双颊微红。

......

儿子和儿媳急急地踏着夜色，走进了贺静庵的屋子。

贺静庵热情地招呼他们坐下，问："你们还好吗？"

小欣说："什么都好，就是记挂着爹。"

贺静庵点点头，心想：你们多少日子没来啊。

贺帆说："爹住过去吧。要不，我们再搬回来。"

贺静庵摆摆手，亲切地说："不用了。"

又停了一阵，他说："小帆、小欣，我告诉你们一个消息，我要结婚了。"

儿子、儿媳很惊诧地抬起头来。

"谁？"

贺静庵平静地说："小帆，你还记得刘文阿姨吗？你小时候她常给你买点心，有一回下大雨，她撑着伞到学校去接你。就是她！"

儿子颓丧地说："爹不要我们了？"

"不。欢迎你们常来玩，爹很喜欢你们。你们现在还不懂，等你们有了孩子以后，也许什么都懂了。"

阳台上的那盆秋海棠，飘来极淡极雅的香气。

鸽　友

古城湘潭的雨湖边，有一条长而曲的巷子，叫祥和巷。住着四五十户人家，一家一个或大或小的院子，黑漆铜环的院门一关，便自成一个格局。

祥和巷各色人物都有，医生、公务员、工人、私企老板……若以业余身份而论，称之为"鸽友"的则只有两个：巷口第一家的仰云天，巷尾最后一家的房林。

何谓鸽友？就是善养鸽、会玩鸽的人，而且是古城鸽友协会的正式会员，在圈内有一定的知名度。

仰云天七十岁了，发尚青，背未弯，眼不花，走起路来铿锵有声。退休前，他是伤科医院的大夫，专治跌打损伤，活人多矣。正业之外，养鸽、玩鸽，从小到老一直兴致勃勃。他不但治人，还会治鸽，鸽腿伤了、断了，他可以捏可以接，敷药包扎，过些日子就照样飞翔蓝天。

在雨湖边遛弯，在家中的庭院散步，他总会下意识地仰望云天。一群鸽子高高地飞过去，虽小如燕，他立即可点出数目，还能看出品类、公母，这功夫了不得。"仰云天"的名字，实至名归！

他喜欢养灰色的鸽子。深灰（又叫"瓦灰"）、灰、浅灰（又叫"亮灰"），这是基本的三类。此外，浑然一色的叫"素灰"，有深色斑点的叫"斑头灰"，翅有白翎的叫"灰玉翅"，头颈部生白毛的叫"灰花"……他一共养了四十来羽（一只为一羽），院中的空地，木楼顶上的晒楼，都是他和鸽子亲密接触的地方。

老伴说他前世就是鸽子，没见过这么痴爱鸽子的。幸而孩子都在外地工作，没沾上这毛病！

仰云天驯养的鸽子，就像纪律严明的士兵。他打一声"呵嗬"，群鸽在院中起飞，直入云天盘旋，这叫"飞盘子"，而且可以三起三落。这已经很了不起了，何况是"飞活盘子"，一会儿左旋，一会儿右旋，圆转自如。只能朝一个方向旋转的，叫"飞死盘子"。他从不让自己的鸽群去"撞盘子"，即去冲撞人家鸽群的阵营。偶尔，他的鸽群裹挟了人家的鸽子归来，不论优劣，一律轰走，这叫君子不夺人所好。

仰云天在鸽友中声誉颇佳，众望所归，于是连任鸽友协会的会长。

住在巷尾最后一个院子的房林，四十来岁，矮矮胖胖，白白净净。他是本地房地产开发的后起之秀，因为读过大学，自矜为"儒商"。这个院子很大，是他两年前买下的，把老房屋连根拔掉，建了一栋漂亮的三层小洋楼。他喜欢养鸽子，便在院子一角，建了一座小巧而精致的鸽舍，有五六十羽，而且很多是名品，如"青毛""鹤秀""七星""凫背""紫点子""紫玉翅""玉环""白鹦嘴点子"等。

房林爱鸽，但很少动手去喂鸽、驯鸽，雇有专人料理这些俗事。他玩鸽，只是手挎着鸽笼（鸽笼又称之为"挎"），到鸽友聚会的地方去展示新购的名品，当然花了大价钱；说一些书面上学来的行话，"憋鸽子""喷雏儿""续盘子"……或者，在自家院子里"飞盘子"，呼啦啦群鸽起飞，在空中"飞死盘子"，然后再落下来。这已让他很满足了，名鸽多，谁也不敢小视他。

他与巷中人很少打交道，劈面碰见了，也不打招呼，把头昂起，用眼角的余光扫视对方。只有碰到了仰云天，他才略略点头，也只是头动而颈根硬着而已，不咸不淡地寒暄几句。

巷中人背地里称房林为"硬颈根"。

少年得志，事业如日中天，有文化，有钱，腰板硬，颈根硬，能向旁人屈尊吗？当然不能。

但房林向仰云天屈尊过一次。

仰云天的祖父、父亲都喜欢养鸽子，而且古城当时鸽哨制作名家的好玩意收藏不少，据说有上百个，后来都顺理成章传到了仰云天的手上。这些名家早过世了，他们后人制作的鸽哨，不可与之同日而语。

鸽哨分为四大类：葫芦类、联筒类、星排类、星眼类。每一类又有很多的品种，比如联筒类，就有三联、四联、五联、二筒、三筒、鼎足三筒、四筒、四足四筒。鸽哨佩系在什么地方呢？鸽子的尾翎一般是十二根，在正中四根距臀尖约一厘米半处，方可佩系鸽哨。精美的鸽哨，工艺繁复，结构奇巧，音色、音量俱佳，价钱不菲。因是出自名家之手，哨上往往刻其字号，又因年代久远，与工艺品或文物无异，珍贵极了。

在一个夜晚，巷中人声静了，房林先用电话礼貌地预约，然后一颠一颠地去了仰家。

喝过茶、抽过烟、扯过闲话后，房林忍不住说出了来意：想购买仰云天全部的鸽哨，价钱无论多少，照付不误！

仰云天哈哈大笑，尔后收住笑，说："房先生，这都是老辈子留下的东西。我不等钱用，鸽哨一个也不可出让，对不起！"然后又说，"你知道怎么佩系鸽哨吗？知道什么鸽佩系什么鸽哨吗？知道一群鸽子的鸽哨怎么配音吗？你不懂呵，我懂。"

房林一张脸都白了，蓦地站起来，咚咚咚地走了。

仰云天高喊一声："房先生走好，恕不远送！"

转眼入秋了，天高云淡，金风细细。

鸽友协会决定，互相选定对手，在雨湖七仙桥附近的一块草坪上，一对一对地按顺序"飞盘子"和"撞盘子"，谁的鸽子飞得高、旋得巧，能把对方的鸽阵撞乱，还把其中的鸽子裹挟回家的，属于胜者。按规定，裹挟而去的鸽子必须一一归还对方。

房林指定要和仰云天一比高下。

这是个星期六的午后。

仰云天平和地说："房先生，我接受挑战。我输了，会长的位子我决不再坐！"

"真的吗？"房林咄咄逼人。

"军中无戏言。"

"那就好，诸位可以做证。"

他们分别站在草坪的两端，身边摆放着几只大鸽笼。

当开赛的小红旗急促地挥动之后，两个人迅速地打开笼门，各有三十羽，热热闹闹地朝空中飞去。

仰云天的鸽子都佩系上了鸽哨，高音、中音、低音，雄壮的、柔软的、粗犷的、妩媚的，在鸽翅的扇动中，如一部动听的交响乐。"盘子"飞得高，旋得活，而且三起三落，并然有序。

房林也请人佩系上了新购的鸽哨，但却是一片杂乱的喧响，而且"盘子"只朝一个方向旋转。突然领头的几羽，率领群鸽冲向对手的阵营，这叫主动进攻。

仰云天的鸽群立即拉高，纹丝不乱，然后再俯冲下来，变守势为攻势，凌厉地杀入对手的"盘子"，纵横切割，让对方溃不成军。接着，又从战阵中撤出，重组"盘子"，朝祥和巷方向的家中飞去。

房林的鸽子呢，紧接着也朝自家飞去了。

房林拍手大笑，说："仰会长，你的兵马溃逃了，我的部下穷追不舍哩。"

仰云天朝这边拱拱手，说："房先生，你赶快回去数数鸽子吧。"

"多了的，我肯定送回，一只不留。这灰不溜秋的，我要它做什么！"

……

待到所有的比赛结束，已是暮色苍茫。

仰云天回到家里，立刻去了晒楼，用手电光数点鸽舍中的鸽子，与他当时目测的数字相符，房林有五只鸽子被裹挟而来，而他的鸽子一只也不少。

饭后，仰云天把房林的鸽子用一只小鸽笼装好，对老伴说："你给他送去吧，我去，他的脸挂不住。"

"好。"

老伴很快就返回来了，因为房林说他的鸽子都回了家，没少一只，这些鸽子，只可能是野鸽！

仰云天叹了口气，说："我拿到雨湖边去放了，让它们自个儿悄悄地回家吧。"

玄妙气功

　　生命在于运动，眼下成了人人皆知的至理名言。打拳的，踢腿的，散步的，丢飞碟的，跳街舞的……闹得沸沸扬扬。特别是那些离退休的"老字辈"，积极性更是空前高涨，眼下这日子过得够顺气的了，谁愿意早早地到马克思那儿去报到？！因此，体育锻炼一会儿一个新名堂，如今又刮起了练"气功操"的热风。

　　这操可了不得，一"发功"，人不能自制，笑的有，哭的有，在地上翻跟斗的有，津津有味地啃草根的有……身体仿佛全受外力的控制，那些即兴表演毫不做作，又自然又天真。这操特别适合于老年人，据说是有病治病，无病健身。于是，这些老大爷老太婆全迷上了，顾不得儿孙绕膝，人前失态，一心一意图个添寿添福。

体委的气功操教练名叫胡子云，四十多岁，每早在长春园的一块草坪上，为热心的老学生们讲授要领。他圆头大脸，慈眉善目，脾气好得出奇，谁见了都说他是个"福相"。他最大的本事是能帮助那些发不起"功"来的人排除"故障"，进入"忘我"之境，然后翻腾跳跃，自由自在再没有半点羁绊。

这气功操真要达到"发功"的佳境，最起码的要求是排除杂念。瞧，老胡给一位老爷子解说"发功"秘诀："大爷，你别惦记着菜还没买，米还没淘，有大娘在家哩。你就什么也别想，让脑子静得像一汪水似的，这叫'意守丹田'。"边说边用手在大爷的头顶（并不接触头）来回地晃动，那手指间带着一股力和气。不一会儿，大爷朦胧中听得一声断喝："发！"好像打开了一个开关，大爷便开始又笑又跳起来。你说神不神？老胡没有这一手，人家服吗？

今天，老胡又起了个大早，踏着草尖上的串串露珠，来到了大草坪。静悄悄的，人还没有来，他起得早了些。不，昨晚他就没怎么睡。这么多年来，老胡从没有过失眠的记录呀，心宽体胖，倒头便睡，但昨晚确实是失眠了。就为了体委主任告诉他一个消息：明早，市委的诸葛成书记也要来学气功操。他听了，惊出了一身汗，倒不是这新来的学生职务高，怕不好教，这担心他自知是多余的。诸葛成书记是个和蔼可亲的人，没半点架子，很亲民。那次，他带队去省体委参加老年人的体育比赛，夺了好几块金牌、银牌、铜牌，回市时，诸葛成书记带着几个常委亲自到车站去接，一一握手问候，真正是平易近人。那么，老胡担心什么呢？就担心"功"一旦"发"起来，诸葛成书记跳跳蹦蹦的，万一跌了手和脚，他怎么担当得起？人家是一市之主，等着他办的事多着哩，伤了，残了，全市几十万人会戳他的脊梁，那才叫"猪八戒照镜子——里外不是人"哩。

想着，想着，心一烦，便噼里啪啦打开了长拳，只听得风声呼呼，拳脚刚劲凌厉。

"好！"

"真不错！"

老胡刚一收势，四周便响起一片喝彩声。原来是练气功操的人都到齐了。

老胡将眼睛往人群里一瞄，看见了诸葛成书记。他站在最后面，不高不矮的个子，蓄着个平头，一双眼睛很有神，一脸的笑。

老胡忙跑过去，亲亲热热地喊："诸葛成书记，您来啦。主任昨天就告诉我您要来，真……让人高兴。"

这些老大爷、老太婆一听市委书记来了，一个个都紧张起来，扯衣的扯衣，搓手的搓手，说话也小心谨慎了，生怕有什么不妥当的地方。

诸葛成哈哈一笑："胡教练，从今天起，我就是你的学生了，你别把我当成什么头头脑脑的。"

"那是。那是。"老胡感动地点点头。

他开始叫学生们散开，讲解气功操的要领，然后分析此中的妙处。这些学生们早已烂熟于心；他是为讲给诸葛成书记听的。

"开始发'功'。注意！排除杂念，意守丹田。起势——"

他走到诸葛成书记跟前，认真地问："您不知听懂了没有？"

"听懂了。"

"那么，就请按我讲的方法'发功'，首先是心静，什么也不想，像出家人的静悟。呵，不，这比方不好。反正是全身松弛，脑子里倒干净一切一切的想法。"

诸葛成书记五十出头了，平素打打羽毛球、乒乓球，很重视锻炼身体。关于气功操，他认真地阅读过有关资料，觉得很有道理，又悄悄地来看过几次，便决定来试一试。更重要的是想和这些老人亲密接触，听听他们对市委、市政府的建设性意见。

昨晚，他高兴地告诉老伴和儿子，说明早去学气功操，话没说完，老伴就嚷开了："这像什么？市委书记疯疯癫癫的，又跳又闹，叫人看了笑话。"

儿子的话更尖刻："爸爸，下次您在台上作报告，人家就会说，'别看他现在正正经经的样子，早晨还趴在地上翻跟斗哩。'"

诸葛成没理他们，市委书记不也是人吗？所以今早他依旧来了。

此刻，他舒了口气，想努力静下心来，配合双手起势，进入"发功"的准备阶段。

……疯疯癫癫的……呼吸要轻松……趴在地上翻跟斗哩……别管它，意守丹田……

老伴、儿子的声音和胡教练的声音，总是纠缠在一起。他想努力排除干扰他的声音，怎么也排除不了。他越是紧张，越是不能平静，头上竟憋出大颗的汗珠子。

他睁开微闭的双眼，讨救似的望着老胡。

老胡也在看着他，心情很复杂。他一会儿希望这"功"很快"发"起来，一会儿又希望这"功"最好变成"哑功"。他脸上的肌肉一跳一跳的，手心沁出了一层油汗。

"胡老师，帮帮忙，给我'发'一'发'！"

老胡镇住了神，把手放在诸葛成的头顶，来回运气，口里说："书记，您就什么也别想，工作上的事别想，开会的事别想，老伴和孩子的事也别想，心静、脑静，'功'就会'发'起来的。"

他一遍一遍地重复着，声音都有点儿发涩发颤，脑袋更是嗡嗡嗡地响。他担心着什么？又希望着什么？只觉得两只手软绵绵的，根本就没运上气来。

诸葛成书记期待着的那个童趣盎然的境界，几多有意思啊，一切都无拘无束，一切都自自然然。但他始终没有等到。

这气功操，是不是对他就不灵验了？他转过脸去，愣住了。今天是怎么搞的？居然一个也没有"发"起"功"来，一个个憋得满脸通红，微微闭住的眼皮下，有一线光亮都不约而同地射向他。大伙太紧张了，在此时此地。

诸葛成收势，轻声对老胡说："看样子我这个人太笨了，学不会。谢谢您，胡老师。"然后，迈着稳健的步子走了。

老胡长长地舒了一口气，大声说："现在你们可以心无杂念了吧？起势，'发功'——"

守 望

我开着一辆小车，驰出古城湘潭，直奔几十里外的白石铺乡，然后拐入路边的尹家冲时，是一个深秋的上午。

山路平坦而弯曲，秋山沉碧，不时地闪跳出团团簇簇的红枫黄菊；山脚下的田垄里，晚稻已熟，在阳光照射下流金飘香；水塘、溪涧、农舍、菜园，散落在路边的各处；偶尔听到牛哞犬吠、鸡叫鸭呱，偶尔看到几个人影飘移，倒使山冲显得更加静穆。

我虽供职于报社多年，但这尹家冲却是第一次来。

就为这山冲深处，有一座保存完好的尹氏宗祠，而守望宗祠的是一位年过古稀的老人尹良驹。当一个不知姓名的读者，打电话到报社，正好接听的是我时，我便决定到这里来寻找新闻线索，以便予以报道。

尹家冲有十几里长。我在出发前，曾查阅过有关资料：冲里人家几乎都姓尹，在人民公社时，编制是一个"大队"；改革开放后，则成了一个"村"。但不像一个村的形制，各家住得很分散。尹氏宗祠的图稿设计，宣统元年，也就是 1909 年，邀请住在白石铺的齐白石操笔，他当时四十七岁，是这块地面有名的大木匠和雕花木匠。几年后，齐白石迁往北京定居。

汽车嘎地停在尹氏宗祠的大门外。

好一座红墙青瓦、翘角飞檐的祠堂，背靠青山，门对湖塘，此谓"形胜"。门额是粗黑的颜体"尹氏宗祠"四字，端庄肃穆；浅檐下皆是精美的浮雕，新上的色彩十分耀目；门两边是嵌入墙体的石刻对联："金天帝胄，洛水儒宗。"上联说尹氏是远古少昊帝之后，下联称这一支出自洛水的书香世家。

我正要上前去叩响门环，紧闭的大门忽然打开了，走出一个身材单瘦、满头银发的老人。

"请问，您是尹良驹先生吧？我是报社的记者，叫尚敬，是专门来参观祠堂的。"

老人呵呵笑了，说："欢迎，欢迎。请！"

我随着老人走进大门，老人重新把门拴紧。

"我不得不小心，这里面的东西都是宝贝啊。何况，看守这么大一个祠堂，就我一个老头子。"

"您原先是干什么的？"

"我是尹家冲一所小学的语文老师，十多年前退休了。正好尹氏族人，本地的、外地的，捐钱修缮好祠堂后，我就住进来了，当一个不领工钱的志愿者。"

入祠堂大门，过道上空悬着一座雕花戏楼。从戏楼下走过去，前方便是一个面积很大的长方形天井。天井两边为下可通行的悬空廊楼，栏杆古旧，可供人凭倚。我看见廊楼发黄的墙上，还留有墨色斑驳的毛主席语录，写的是"农业学大寨""以粮为纲，全面发展"等。

尹先生告诉我，土改时，这里是互助组的办公地和仓库，然后是合作社的社部、人民公社的大队部，现在是作古正经的祠堂了。

"都是尹氏族人，谁不好好看顾它？加上又是基层政权的办公地，所以没有遭到什么破坏。"

"这些墙上的毛主席语录，也是文物哩。"

"对，修缮时有人主张刮掉后再粉刷，我坚决反对。将来要用玻璃罩子密封，可看而不可触。可惜，阮囊羞涩。"

走过天井，便是祠堂的正殿。木门、木窗，皆雕镂为饰。殿堂正面上方，一字排开高悬的三块黑底金字大匾，颜色很新。正中一块上书"天水堂"，另两块为"承先启后""继往开来"，落款分别写着台湾、香港、澳门尹氏宗亲会所赠。

我说："呵，尹氏子孙来此认祖归宗，了不起。"

尹先生显得很兴奋，说："有了这祠堂，就有了一条'根'的具体形象。各姓的人，都去寻他们的'根'，中华民族就凝聚在一起了。"

他说得很快，声音也很大，不由得有些喘气不止。

牌匾下是庄重的神坛，放置着历代祖先的神主牌位。神坛两边的楹联，也是黑底金字，提到尹氏的一位先祖，名叫尹喜。相传他为春秋末的道家，任过函谷关的负责人，《庄子•天下》把他和老聃并称，是"古之博大真人"。

他说："还有一个稀罕的东西，你没看。"

我们重新回到正殿门外的阶基上，他指着门前几根又高又大的楹柱，让我引颈上望，那里分别嵌着两块大雕花板，图案内容清晰可辨，一为"顽童指路"，一为"李白题诗"。

"这是齐白石当年亲手雕制的，珍贵哟。有人曾想拆下去卖钱，一块值好几十万元！我得日夜看守着，谁也别想打它的主意！"

"只是辛苦了您一个人。"

"这尹家冲，青壮年都出外打工去了，留下来的多是老人、妇女、小孩，祠堂又冷清，还没有报酬，谁来看守？"

"可您坚守在这里！"

他的目光渐渐暗淡下去，说："我有退休工资，老伴又长年不在家，她为城里的两儿一女轮流去带孙子、料理家务。这个尹氏子孙的'家'，总得有个人常住，打个招呼，泡杯茶，让来的人心里热乎。于是，我就住进来了。"

说到这里，他一拍脑袋，很内疚地说："我老糊涂了，你是客人，茶都没泡一杯！正殿后面的后花园又杂又乱，别看了。到我屋里去坐坐，歇口气。"

正殿外的左边，有一排三间厢房，一间是卧室兼书房（书架上书很多），一间是客厅兼饭厅，一间是厨房。尹先生真把这里当成自己的家了。屋里的陈设很简单，也很陈旧。若是冬天，张着很宽缝隙的门窗，怎么能抵挡深重的寒气？

我在客厅的小方桌边坐下来，尹先生给我泡了一杯热茶。那个篾壳热水瓶，看得出上了年岁。

"尹先生，儿女们常来看望您吗？"

"常来。来一回，劝一回，说我教书辛苦了一辈子，如今儿女都混得有模有样，应该住到城里去享福。"

"是呀，您找个年轻人来接班吧。"

"哪里去找？我不能去城里，这里安静。美国作家赛林格写过《麦田守望者》的书，我呢，就是祠堂守望者。我吃用所剩下的钱，都捐给祠堂当修缮费了。我对儿女们说，你们若孝顺，就多捐些钱给祠堂，还有许多项目要做，防腐、防锈、防漏，后花园也得认真打理。他们真还听话。"

他得意地把头昂了昂。

我说："您总不能永远守下去吧？"

他沉吟了一阵，才缓缓地说："到那一天再说。总会有人明白，守望这个祠堂的种种好处，它不就是我们的精神家园吗？"

临近中午了。

尹先生说："尚记者不嫌简陋，就在这里吃个午饭，我的手艺还不错。"

我说："尹先生，冲口有家饭店，我请您吃个饭，也算表达我的一点敬意吧。车去车回，快。"

尹先生连连摇头，说："不是拂尚记者的面子，这里一刻也离不得人！这样吧，你也忙，我们就互不相请了，后会有期吧。"

他一直把我送到大门口。我上了车，朝他挥手说"再见"，然后一踏油门，车便开动了。

我从反光镜里，看见尹先生一直站在那儿，目送着我的车渐行渐远……

不堪重负

A市民族研究所副研究员贺望，越来越愤愤不平了。

每当他走进这个绿荫如盖的小院，无心欣赏姹紫嫣红的花圃、红鲤游动的荷池，也不想在葡萄架下的石凳上坐一坐；急急地走到这座老式的三层木结构办公楼前，微微昂起头；瞪着眼把这座楼看了又看，然后不屑地"哼"一声。

他能不生气吗？这栋小楼里，凡是研究人员，都占有两间房，一间写作室，一间个人的图书室。而他，只有一间！尽管他刚从一个偏远县城的民俗馆调来，尽管他没有显赫的学历，但他自学成才而且出版了四本关于民俗学的专著，在国内外都有相当的影响，早已评上了副研究员。他为什么不能有两间房呢？假如有两间房，他的藏书就不用塞在家里了，省得老妻和快结婚的儿子一天到晚向他诉苦，家里那并不宽敞的二室一厅就会空出许多位置来。

他找过行政科长程子林，程子林耐心地听完，劈头盖脸就是一句："老贺，你该知足了！"

咥！贺望想：你才应该知足，你楼下有一间宽敞的办公室，楼上和我打对面还关着一间房，空空荡荡，只放些杂物，你是研究人员吗？

终于，有一天贺望有了一个重要的发现，这发现无异于获得了一个崭新的学术思想：程子林一楼的办公室，就在他二楼办公室的下面，只隔着一层木楼板。

贺望很兴奋。他让儿子请来搬家公司的人，把家里的书架、书柜和藏书，通通搬到他的办公室里来。办公桌摆在正中央，周围全是书架、书柜，猛一下增加这么多重量，楼板吱吱呀呀地呻吟起来。

儿子说："太挤了，太重了，这是老式木楼啊。"

他说："不堪重负嘛，好！"

每天早晨一上班，贺望首先去程子林的办公室，一边指着楼板一边笑着说："老程，听见吱吱呀呀的声音了吗？"

程子林说："听见了。"

"说不定哪一天这楼板承受不住，会往下塌，到时候砸死砸伤了你，我可没有责任呀。如果因为楼板塌了摔死我，你可就有责任了——因为我没有图书室。"

程子林的脸霎时变白，慌慌地上楼，去看贺望的办公室，看得胆战心惊。

从此，每当程子林坐在办公室里，听着楼板吱吱呀呀的声音，总忍不住要把头往上仰，生怕那楼板会突然塌落下来，脊背上不由得冷汗涔涔。

这样提心吊胆地过日子，也不是个办法呀。

终于，有一天，程子林对贺望说："贺老师，经过研究，你对面那间房分给你放图书，你快把书搬过去吧。"

贺望说："不忙，不忙，坐在这里边写作边查资料，很方便的。"

程子林拼命地挤出笑，说："不，不……我去叫几个人来替你搬吧。"

贺望依旧从容地说："那也好，你看着办吧。"

……

贺望的心情真正地好起来了。他有了一间写作室、一间图书室。家里呢，多出了整整一间房，儿子结婚可以用来做新房。

妻子说："你一个书呆子，脑子管用啊。"

儿子说："老爸有大智慧。"

贺望苦着一张脸，眼里忽地流出泪水。泪水落入口中，有些酸……

择　邻

　　冯小梅和金大川，都在光明机械厂工作。女儿贝贝十岁了，正念四年级，又聪明又活泼，不但成绩好，而且会弹钢琴。为培养贝贝，两口子可是下了血本。唯一遗憾就是房子太小，一室一厅，加上家具、钢琴、洗衣机之类的东西，简直再没有多余的空间。

　　这些年来，机械厂闹得很火红，业务繁忙，效益猛增，干部、工人的工资都在三千元上下。于是，他们对原先的居住条件不满意了。

　　厂领导决定，在离宿舍区不远的一个刚建成的社区里，先由公家垫付资金购下 A、B、C 三幢住宅楼，每家只需先预付五万元，其余的在每月工资中慢慢扣除。三室一厅、两室一厅，自个儿选定，而且可以互相挑选邻居，真是以人为本啊。

冯小梅是个车工，金大川在厂部技术设计室工作。家里的事，冯小梅说了算，是名副其实的"一言堂"。冯小梅在车工一班，人缘关系好，不但干活风风火火，而且肯帮助人，大家都很喜欢她，都想和她做邻居。

A、B、C 三幢楼，每幢楼六层、三个单元，每个单元一层两户。

车工一班，正好十二个人，代表着十二个家庭。大家一合计，都住 A 楼的第二个单元（又称之为"中门"）吧，进出一个大铁门，上上下下为邻居，多好。

冯小梅说："我选六楼的六〇一室吧。"

大家很感动，这不是电梯房，她选取六楼是一种谦让。

与她车床挨车床的顾小兰，立刻说："我向小梅姐学习，住六〇二室！"

马贵芳说："我得当个最近的邻居，五〇一室。"

刘秀珍马上接上话："那我就五〇二室，没人跟我抢吧？"

……

十二套房子尘埃落定，各有其主了。

立刻有人掏出手机，向厂部的"分房办"申报了情况。

晚上，冯小梅对丈夫一说，金大川什么意见也没有，只是强调说："你得仔细想想他们家的各方面情况。当年孟母择邻，为的是有个好环境，第一是有利于孩子的成长，第二是有利于我们的休息。"

冯小梅说："对。"

将与她家打隔壁的是顾小兰，丈夫是摆摊卖服装的小商人，孩子放到奶奶家去了。可这小两口，喜欢串门，一开口就是名牌服装和钱。女儿贝贝听多了，岂不会受影响。

马贵芳住五〇一室，是个急性子，敢吼敢叫；丈夫是厂里的搬运工，说话不但粗痞，而且嗓门大。这一对夫妇，动不动就吵架，还砸锅摔碗。在这一派噪音中，贝贝怎么能静下心来做作业、弹钢琴？他们的休息也会成问题。

五〇二室是刘秀珍，五十五岁了，在车工一班做勤杂工，无非是扫扫地、领领防护用品，很轻闲。老头子是市里卫生局的退休干部，老是把人邀到家里来打麻将，弄得他原先的邻居怨声载道。

将成为冯小梅邻居的其余人家，她一一反复思量、比较，都有这样或那样的不尽如人意处。

她把这些情况和金大川一说，金大川把手一挥，果断地作出决定："另选一套房子！"

冯小梅说："那我就得罪人了，往后怎么在车工一班做人？"

金大川笑了："你把责任往我身上一推，说我不同意住这里，恶人让我来当。"

"假如，他们又要跟着我一起选房呢？"

"你傻呀，先不要声张。我去悄悄打个招呼，选一套 B 楼或 C 楼六层上的房子。等到出榜时，一切都成了定局，他们想换也来不及了。然后，你就说是我暗地里做的手脚，当着你的姐妹，还可以狠狠地骂我。"

冯小梅笑得差点岔了气，连连说："老奸巨猾，我得重新考察你了！"

一切都在有序地进行着。

冯小梅一家搬进了 B 楼的六〇一室。两个大人和女儿贝贝各一间卧房，钢琴和书柜、书桌占一间房，还有一个客厅、一个厨房、一个卫生间。这日子，又宽绰，又明亮！

车工一班的人，没能和冯小梅做邻居，虽有些遗憾，却并不生气，大家依旧亲亲热热的。偶尔也有人开玩笑，问她："小梅，这回你先生吃豹子胆了，敢否定你的圣旨？"

"什么事他都听话，这一回他却咬死一条筋不放，我也只好让了他，男人要面子哩。"

"假如，半夜三更，他要和你做那件美丽的事呢？"

"去他的！一脚把他蹬下床去！"

大家一齐哄笑起来。

三天后的一个晚上，暮色四合，华灯灿烂。

晚饭吃完了，家务也忙完了。贝贝关上书房的门，做作业去了。冯小梅和金大川，坐在客厅里看电视，声音拧得很小。

突然，他们家的大门被擂得咚咚直响，接着便传来苍老的歇斯底里的狂叫声。

金大川起身欲去开门，看看到底发生了什么事。

门外有另外一个女人的声音响起："别开门！别开门！"

金大川忙退回来，坐到沙发上去。

贝贝吓得一张脸惨白，从房里奔出来，挤坐到父母的中间，全身发抖。

接着，听见那家又出来两个人，把乱喊乱叫的人"架"了回去，尔后是那家的门"砰"地关紧。

那个人还在自家的客厅里喊叫，声音穿墙破壁而来。半个小时后，才趋于平静。

"隔壁住的是谁？大川，你打听了吗？"

"看名字都是生疏的，所以没打听。"

"明天你得去问问，可别是个疯子。"

"好。"

第二天，金大川从人事处把情况探明了。是个早退了休的工程师，患了间歇性精神病，隔三岔五地会发作。

这日子还长着哩，居然碰上了这样一个邻居！

幸而那套旧房子还留着。

是坚定不移地留住这里，还是搬回去？两难呀！

冯小梅说："人熟了，反而总看见别人的缺点，想避得远远的。这是什么毛病？"

金大川蔫着头，什么话也不说，只是一个劲地叹气。

相对无言

稀疏的秋雨忽下忽停，夜色里的这条小街，远离车流喧腾的交通要道，远离高楼大厦的层峦叠嶂，树影婆娑，灯影朦胧，静中还透出一点微冷。

这条小街叫栖云街，街尾端有一家叫"相对无言"的咖啡馆。

二十八岁的谈巧巧，下班后草草吃了份盖码饭，回到旅游公司的单人集体宿舍，洗漱、换衣、化点儿淡妆，然后和正在大声说笑的姐妹们道声"再见"，急匆匆赶到这里来。她是听一个闺蜜说起这家新开张的咖啡馆：手机要调成静音，人也不可说话，要说话就用纸笔交谈。

谈巧巧打从旅游学院的导游专业毕业，便到旅游公司"走马上任"，国外游、国内游、本地游，率领一个个的旅游团连

轴转　将烂熟于心的解说词，不厌其烦地说了又说，说得口干舌燥，说得自己都想呕吐，还不时地要回答游客们稀奇古怪的问题。即便在她可以不说话的时候，游客们的大声喧哗与夸张的惊叹，持续地击痛耳鼓。中国人太爱说话了，有的是职业，有的是对话语权的渴求。休假日她想回到家里去讨个清静，父母亲又来轮番轰炸了，永恒不变的主题是问她有没有男朋友，别太挑剔，赶快成个家。她真的渴望有个既在人丛中，又能彼此都不说话的好去处。

谈巧巧的鼻翼忽地翕动，有一种甜甜苦苦的气味，静静地飘过来，是咖啡特有的香气。她追着香气来到"相对无言"，推开了雕花的木制玻璃门。

别看这家店门脸不大，里面的厅堂却不小。在柔和的灯光下，错落地摆着单人沙发、双人沙发和矮几，还有二人相对的卡座。挨墙立着一个个的小书架，书籍、杂志、报纸，安静地等待着光顾者。来的人还真不少，有的在看书，有的在沉思，有的在笔谈，除从内间传出老式咖啡机和手磨咖啡的细小声音外，静得可以听见自己的心跳。

她缓缓移动脚步，一是为找个座，二是要感受一下这种特有的氛围。墙上挂着国画小品，山水、花鸟、人物，从中都可以沽出"静"的意味。还有小品书法，选的皆古人话语："大音希声""相看两不厌，只有敬亭山""夜来风雨声，花落知多少""静生慧"……

她来到一个双人卡座前，有一个小伙子正在看书，书是竖端着的，遮住了他的脸，桌上的咖啡还冒着淡淡的热气，说明他来得不久。她有些尴尬，只有这个位子了，别无选择，也不知道人家欢迎不欢迎？

　　那本书忽然放下了，露出一张并不帅气的脸，但嘴角的笑淡而静。他站起来，做了个请她入座的手势，再点点头，然后坐下来又端起了那本书。谈巧巧在他的对面坐下来，她看见那本书的封面上，有"鲁迅杂文选集"的字样。

　　谈巧巧招手让服务员送来一杯热腾腾的咖啡，并付费一百元。服务员送上一本"笔谈册"和一支圆珠笔，对她笑了笑，走了。她端起杯子，先嗅了嗅，然后喝了一小口，香气浓郁，味道纯正，好。她再看"笔谈册"，封面印的是齐白石的蔬果图，两棵白菜、几只辣椒，题款是"此中有真味"。内页全是白纸，是供笔谈的。

　　对面的人一直在看书，有一点矜傲，或者是个呆瓜，怎么就不再看她一眼？他是干什么的，坐在这里喝咖啡还读鲁迅杂文？也许是第一次来到这种环境，静得让她还不适应，这真是贾府的焦大，站惯了还不能坐着。她忍不住用笔在内页上写下一行字："可以放下书本谈谈吗？"然后，把册子推到对方的面前。

　　书本放下了，对方对她抱歉地一笑，把册子倒过来看了看，又顺手缓缓推过来，再在自己的册子上飞快地写字："谢谢。

我很愿意和你笔谈。"写完了，把册子转个方向，再推到谈巧巧面前。这个细节让她感动，她可以一眼就看清对方写的字。这个人的字写得太好了，又漂亮又清晰，是练过书法的。她调皮地合掌，竖起来，表示作揖致礼。对方忙抱拳回礼，还特意晃了几下。

有了这个简单的仪式，他们似乎成了老相识，两个册子一来一去，谈得很有兴致。

"你为什么选择到这里来休闲？"

"我上班说话太多了，听别人说话也太多了，心浮躁，人变蠢，到这里来静滤自己。"

"你喜欢鲁迅的杂文？"

"对。因为他讲真话。可我每天说的多是假话、空话、废话。"

"不可能吧？"

"我是搞房地产销售的，为了把房子推销出去，按照老板的口径，胡说建筑质量如何好，建筑面积的公摊如何合理，附近的小学、中学可优先让住户的孩子进去。其实，都不是真话、实话。"

"看得出你很痛苦。"

"可又无可奈何。我不能没有这个饭碗，父母都在乡下，已经够苦了，我不能再拖累他们。哦，你在哪里供职？"

"旅游公司，导游。"

"每天得说多少话啊。"

"都是现话，重复来重复去的，还要当作新鲜话来说。"

"你比我好，毕竟在山光水色之中。"

"说的听的都是俗话。我看青山多妩媚，青山看我一俗人。"

"人不能抓着自己的头发离开大地。"

"是啊。要避俗只能到庙里去受戒。"

"那倒未必。有时间了，可以到这里来领取一份安宁。"

"我也是这样想的。"

......

谈巧巧看了看腕上的手表，快子夜了。明天，她还得为一个本地游的五十人团队作导游。她抬起头来望着对方，对方的目光也正对着她。目光相触，似有清亮的金属之声。她急速地写下一行字："后天是星期日，夜八点，你来吗？"

小伙子看过后，响亮地说："来！"

周围的人都把目光射向这里。

小伙子慌忙用手捂住嘴，向周围点头致歉。然后提笔写下一行字："莫放春秋佳日去。"

谈巧巧脸红了，也写下一行字："最难风雨故人来。"放下笔，向对方挥了挥手，头也不回地走向大门。

她知道他的目光聚焦在她的背影上，那地方热得沁出了汗。

金络渡

这条奔淌在湘省东部大山中的河，叫野马河。嵌在野马河中段南北相对的两个小渡口，都叫金络渡。金络渡的摆渡人，叫钟水生。

钟水生五十好几了，大脸盘黑里透红，身板宽厚、挺直，威武哩。只是短发间泛出星星。

白霜，透出他些许"老"的消息。

日子如流水，他怎么也想不到，高中毕业后入伍去当了四年海军，转业到地方本可以在城里安排工作，却自愿回老家来摆渡，一口气当了三十年的"河军"！

这个县原本偏僻，还穷，而这块地方又是县城中的最冷清处。野马河上不可能花大钱去架一座钢筋水泥桥，但河两岸总有人要来来往往，于是金络渡就成了一个常设机构。摆渡人是由镇政府聘请的合同工，按月发工资。乘客过河不需要付船钱，也算是一种福利。三十年前，钟水生每月工资七十元，随着生活水平的逐渐提高，隔几年镇政府会给他加一次工资，眼下也就每月一千元。但每年全镇评"五好农民家庭"，钟水生家总是满票上红榜。他的爹娘，他的老婆和孩子，都把农活、家务活包揽了，让他一门心思当好早出晚归的摆渡人。每早吃过饭出门，爹总是嘱咐他："家里的事，你不要操心。你就当好摆渡人，代我们全家人去感恩。"他每一次听了，都会落泪，都会连连点头。然后，带上老婆给他准备的干粮和茶水（午饭在船上吃），匆匆上路赶往渡口。

又是莺飞草长的春天。

野马河上的雾气，渐薄渐淡，太阳忽地从云缝中挤了出来，露出一张热情的笑脸。隔河相对的南北两个渡口，这时候都静了下来。赶集的，上学的，走亲戚的，你来我往，去了自己应去的地方。

钟水生把渡船泊在南岸的河滩边，看了看手机上的时间，正是上午十点钟。他从舱板下拿出一个拖把，在河水中使劲鼓捣几下，再提起来拧干水，开始擦洗船头上、船舷上、船舱里的泥巴脚印。野马河不宽，但水流得很急，河滩一年四季潮乎乎的。不管是穿鞋的还是打赤脚的，都得走过这段上十米的河滩路，才能上船。从早上六点钟到现在，渡船穿梭般一来一去，渡人多少，便留下多少双沾泥巴和不沾泥巴的脚印。

但他知道，上年纪老人和学生伢妹子的脚印都不会沾上泥巴，因为是他一个一个背上船的。

钟水生除了寒冬腊月穿长筒套鞋外，其余的季节都是一双赤脚，裤管高高卷起。当所有的人上船后，他洗干净脚上的泥巴，在船尾操起双桨，高喊一声："坐稳了哟——开船了！"渡船便离开渡口，稳稳地驶向对岸。

这一幕旷日持久，又平常又真切。

老人说："水生呀，我的儿孙都没你这样耐得烦。"

小学生说："穿再漂亮的鞋子，也不会弄脏，谢谢钟爷爷。"

钟水生灿烂地笑了，说："应该的，应该的。我小时候上学和回家，都是由摆渡人背来背去的，我是比着他的样子学哩。"

有人问："那个摆渡人是谁呀？"

"他叫宫子山。我叫他宫大爷。"

"你已五十出头，宫大爷该过九十了？"

"他老人家不在了。三十年前的那个春天，野马河发大水。他为救一个坐船不慎落水的妇女，卷进了一个大漩涡里……那个被救起的人，就是我娘。那一年，宫大爷六十五岁，我二十二岁。"

……

钟水生把渡船弄得干干净净，然后坐在船头抽烟、喝茶。阳光下，他的影子凝然不动。他听着河水流动的声音，又想起了他高中毕业后去参军，分配到一艘潜艇上当水兵。潜艇像一尾深水鱼，常在海洋深处逡巡，来无踪，去无影，不出头，不露面，是真正的隐形者。

一次在潜望镜里，他看见一条刚死去的鲸鱼，庞大的尸体慢慢沉入海底，很凄美，也很惊心动魄。后来艇长告诉他，死去的鲸鱼，会创造出一整套完整的生态系统，可以维持二百种无脊椎动物生存几十年甚至上百年，是寂寞海底最温馨的"绿洲"。动物学家把这个悲壮的过程，叫作"鲸落"。

钟水生说："这正如英雄故去，他的精神不死，会滋养一代一代的后继者！"

艇长说："对！"

钟水生尽心尽责地当了四年水兵。转业的时候，摆渡人宫大爷为救他娘，牺牲了。宫大爷被授予"烈士"称号，他们全家人在追悼会场失声痛哭。钟水生的爹对他说："你回老家来吧，当摆渡人。人家嫌这工作不赚钱，还又苦又累，镇政府着急找不到合适的人。为了你娘捡回一条命，为了死去的宫大爷，为了过河的父老乡亲，你必须做这件事！"

钟水生说："我愿意。"

桨声里的野马河，流了三十年，涨潮退潮，周而复始。

钟水生知道，他也会有划不动船的那一天，好在他有两个儿子，都在本乡本土做泥工、木工，都很乐意做摆渡人，谁来由他说了算。

想到这里，钟水生不由得仰天打了个哈哈。

河岸上忽然有人喊："摆渡的，我要过河！"

钟水生抬眼一望，是个三十多岁的中年人，手提一个大公文包，西装西裤一色白，黑衬衣上系一根红领带，一双黑皮鞋贼亮贼亮。他站在河滩那一端，头昂得高高的。

"要过河？走过来上船！"

"我是去镇政府谈投资的，这烂泥巴路怎么走？麻烦你背我过去，我付钱就是。"

钟水生说："你既是来这里投资的，虽不是老人、小孩，我破例背你一次。"

钟水生赤脚下船，走过河滩，蹲下来，背起中年人。离船还有四五米远时，中年人嘀咕了一句："真是有钱能使鬼推磨。"话音未落，钟水生双手一松，腰一挺，把中年人丢在烂泥里，火爆爆地说："背人上船，我从不收钱，你也是。你有钱，去找鬼推磨吧。"

中年人跌得一身是泥，气得大喊大叫。

钟水生大步走向渡船。

这时候，河对岸有人招手、喊话，是有人要过河到南岸来。

钟水生抄起桨，让空空的船飞快地过河去了。

一河波浪，在阳光下，闪着金子般的光泽。

忽然有一天，省报记者到这个县来采写扶贫攻坚的新闻，无意中听说了钟水生和金络渡的故事，于是，兴致勃勃实地采访后，写了一篇人物特写在报上登载——《鲸落金络渡》。

斑头雁

嵌在大西北荒野上的寒云湖，是无数水鸟种群的大本营。方圆百里烟波浩渺，点缀着几痕汀、洲、岛、屿，到处疯长着芦苇、水蓼、剪刀草、丝草和水杉。

水鸟有常居的，也有按季候迁徙的。沙鸥、苍鹭、白鹤、天鹅、野鸭、灰鹳、大雁……尤以大雁的种群最为兴旺，鸿雁、豆雁、白额雁、斑头雁，一大群一大群的，或飞或游或栖。大雁是候鸟，浅灰褐色的羽衣，缀着深色的斑纹，很漂亮。特别是斑头雁，头上的斑纹如戴了一顶黑条纹的帽子，显出一种调皮的意味。它们春夏两季在这里厮守，一入秋，天气渐凉，便结队南飞，一会儿是"人"字，一会儿是"一"字。到温暖的南方去，快活地游玩，尽情地品尝美味，销魂地交配；入春后带着乡愁匆匆归来，用草叶、树枝搭建起自家的窠巢，雌雁便开始履行神圣的使命：产卵、抱卵，让一只只小雁破壳而出。有了儿女，做父母的就带着它们游水、练飞、觅食。

满眼是水鸟的翅影，满耳是水鸟的鸣叫声。

楚雁飞有一句话常挂在嘴边："这个鸟世界！"

是赞扬，还是嘲贬？谁知道呢。

楚雁飞是去年秋，与南飞雁逆向而行，从湖南衡阳回雁峰下的老家出发，千里迢迢应聘到寒云湖的护鸟队当专职的护鸟员。岗位在兰草湾的观测室，除了二十二岁的他，还有一个五十岁的班长吴远征，是一将一兵的独特格局。

吴远征的脸又黑又皱，是长年累月的湖风吹割所致；个子瘦小精干，行动却相当敏捷。他当护鸟员，不，还有一个不另拿工资、补贴的身份——协警，既要观测、保护鸟类的生态环境，还要严防偷猎者，屈指算来已经三十年了。楚雁飞觉得他的模样很老气，特别是"老"在头发上，一头白发夹杂着几缕青发，很像斑头雁的头饰。

第一次见面，吴远征笑着问："小楚，你是三湘林学院水鸟与环境保护专业的高才生，怎么选择来这里？"

楚雁飞优雅地打了个响指，说："吴班长，我的名字里有个'雁'字，老家的回雁峰是雁的终点和起点，杜甫说，'万里衡阳雁，今年又北归。'我读大学时，对大雁特别感兴趣，它的诚信守时让我钦佩。在学校我是一个诗社的社长，诗写得很婉约，我想效命于朔地，让诗添一派雄豪之气。于是，我来到雁群最密集的寒云湖。"

"好！这里虽是自然保护区，却不是对外开放的旅游风景区，生活又艰苦又寂寞。小楚，你有湖南人的狠劲和韧性，曾国藩的'扎硬寨、打死仗'就让我钦佩。"

"你读过曾国藩的书？"

"得闲时，也看一看。"

秋去春来，几个月过去了。

来时，大雁南去，现在又纷纷北归。

楚雁飞真没想到日子有这样难熬。四周荒无人烟，给养靠队部用车从外地运来，常常吃不上蔬菜。特别是冬天，冰天雪地，奇冷，有电却没有空调。燃着一炉煤火，让人冷得直打哆嗦。日长如年，夜长亦如年。幸好有这位如父如兄的吴远征呵护他，让他在这座小小的砖瓦房里有了一点儿"家"的感觉。做饭、烧水，全是吴远征包揽了。他要去帮忙，吴远征说："你歇着。你来和我做伴，我心里很感激哩。"

楚雁飞真没想到工作有这么单调。每天吃过早饭，他跟着吴远征，轻手轻脚走过八百米的半地下长廊（为的是不惊扰水鸟们），来到湖边伪装好的监测室，轮流站在立着支架的高清摄像头前，对各种水鸟进行动态追踪，还要不时地做记录，看得眼睛发涩，站得双脚发麻。

楚雁飞想和吴远征说说话，吴远征摆摆手，说："鸟儿一听有人声，就飞远了。晚上回去，我们聊个痛快。"

"好……吧。"

楚雁飞没想到自己会在寒云湖过春节。

吴远征的家在本省一个偏僻的小县城，一年回去探一次亲，和久别的妻儿团聚。探亲往往选在春节前后这一段日子，队部会派一个人来临时顶替，可今年队部实在抽调不出人手来。吴远征二话不说，痛痛快快地答应留下来当值。

"小楚，你赶快整理行装，回老家去过年，你的爸爸妈妈望眼欲穿哩！"

楚雁飞摇摇头，说："吴班长，我也想留下来和你做伴，在朔地过春节，我是第一回！"

"你是想多陪陪我，要不心里过意不去？"

"哪会呢？"

"也好。队部会送来肉食、蔬菜、酒水，我们一起过一个有纪念意义的春节。"

楚雁飞脸一热，他的心思瞒不过吴班长。

楚雁飞很奇怪，吴远征能在这里一待就是三十年。他能这样待下去吗？不能。坚守一个条件很差的环境，得有一种巨大的原动力，他没有。他想顶多再待些日子，辞职回老家衡阳去。

春节过去了，接着是立春，冰消了，雪化了。随着春天阳气不断上升，湖水绿，水鸟欢。

南去的大雁，一群一群回家了。没想到倒春寒说来就来了，一夜北风紧、雪花狂，到处银装素裹。

天刚蒙蒙亮，吴远征就叫醒了楚雁飞。

"小楚，昨天我们观察到湖边草丛里，有好多只斑头雁在孵化鸟蛋，温度这样低，别冻坏了它们。我们去湖边看看！"

楚雁飞痛苦地从梦中走出来，赶忙穿衣下床。

雪还在零星地下着，湖上、湖岸上，看不到一只飞翔的水鸟。

他们蹑手蹑脚来到湖边，查看一个一个斑头雁的窠巢，这一带是它们的领地。雌雁一动不动地在抱卵，那些卵保护在它们的肚腹下，输送着母爱的热度，任凭身上的雪花积了一层又一层。公雁也守在旁边，像忠诚的警卫员。

楚雁飞看见吴远征的眼里流出了泪水。

他们巡看了一遍，又悄悄回到小砖房。

"小楚，这些母亲即便冻死，也不会动一动，更不会飞离，因为它们为的是生命的传承，这就是信念。"

楚雁飞是第一次亲眼看到这种场面，半晌说不出话来。

四五周后，小雁叽叽喳喳来到人世。

楚雁飞站在高清摄像头前，观察当上妈妈的斑头雁，领着小雁初次下水。接着，他看见母雁用坚硬的喙把自己身上的长羽，一根一根拔出来，扔在水面上。公雁在低空飞翔、盘旋，护卫着它们，嘎嘎地欢叫着。

他忍不住问吴远征："母雁拔掉自己的羽毛，这是为什么呢？我百思不得其解。"

这一次，吴远征没有制止他说话，小声地缓缓作答："鸟类一看见天敌，会本能地起飞逃窜，丢下的幼崽定遭灾祸。斑头雁妈妈拔去长羽，为的是抑制自己畏怯的本能，当天敌来临，它不能起飞，只能全力去保护孩子，哪怕牺牲自己。等到小雁的翅膀长齐，母亲的长羽也长成原样，于是又带着儿女们开始长途飞行。这是一种什么精神？这才叫伟大的坚守。"

楚雁飞只觉得浑身发热，动情地说："您说的，书上没有，是来自您长期的观测与体悟。所以，您从它们身上得到源源不断的原动力，才能一直坚守在寒云湖，含辛茹苦，不离不弃。"

"……是这个理。"

寒云湖早晚温差大，即便是春深时节，夜里依旧寒气逼人。

楚雁飞看了看壁上的挂钟，十一点了。他搓了搓手，说："吴班长，我们该睡了。"

吴远征支棱着耳朵，不作声，好像听到了什么动静。过了一会儿，说："湖边有盗贼。我听到了他们的脚步声，是两个人。"

"盗贼？他们来这里盗什么？"

"盗斑头雁！母雁和幼雁的翅羽还没长好，正栖息在窠巢里，每到这时候，有胆大的盗贼就来张网盗捕，然后卖给饭店酒楼，很赚钱的。"

楚雁飞说："我跟您一起去！这些王八蛋！"

"我一个人去就行了！小楚，你得守着这小砖房，守住这部直通队部值班室的电话，防止他们端了我们的老巢。你要关紧门，不是我回来，千万别打开。"

"您是爱护我，让我待在屋里安全。"

吴远征板起一张脸，拿了一支手电，取出一把短柄猎刀，匆匆扑进夜色里去了。

楚雁飞把所有的电灯都打开，又搬出一捆硬木柴架到门外的空坪里，浇上汽油，点燃了。木柴先是跳出几点小火苗，然后变成火焰，噼噼啪啪地响，火光抛掷向空中，十分壮观。他相信很远的地方都能看见这个巨大的光环，对盗贼是一种威慑，对安歇的水鸟们是一种警示。

两个小时过去了。

一个跌跌撞撞的人影从窗外飘过去，接着楚雁飞听到吴远征的敲门声和说话声，敲门声很轻，说话声很低。

"小楚……是我，我是老吴。"

楚雁飞打开门，借着灯光，他看见吴远征的额头上沁出鲜红的血。

"吴班长，您受伤了？"

"被他们挥舞的网杆打了一下，不要紧。我刚才警告他们：'赶快离开，偷捕水鸟是犯法，想被抓进去吃牢饭吗？我手上的刀，也不是吃素的，想试试吗？'"

"他们吓住了？"

"他们也带了刀，雪亮雪亮的，凶狠得很，不想轻易放弃这个捞钱的机会。我忽然发现小砖房这边闪射的火光，便说：'你们以为我是一个人好对付，睁开狗眼看看，我的同事在身后呢，我只要一声喊，他们立马就赶过来了！'他们先是强作镇定，然后一步一步后退，退到三十米开外，赶快逃跑了。小楚，你很会动脑子，怎么想到燃起一堆火？"

楚雁飞扶住他，喉头有些哽咽，说："吴班长，快进屋，我给你的伤口上药、包扎。"

……

鸟世界在楚雁飞的眼里，变得越来越奇瑰和壮美。每晚回到小砖房，先和吴远征一起做饭、烧水、打扫卫生。然后，在昏暗的电灯光下，和吴远征谈他观察水鸟的体会，写他的水鸟观察日记。

"小楚，你不想回老家的回雁峰了？"

"如果回去，只是探看父母，然后会再回到这里来，像守信守时归来的雁。"

"你是独生子，父母亲同意吗？"

"他们尊重我的选择。我打电话告诉过他们，关于斑头雁和您的故事，他们很感谢您。还说他们外出旅游，特地买了两顶灰褐色带黑条纹的绒布鸭舌帽，很快会寄过来。"

"谢谢他们！我们一老一少戴上这种帽子，帅气哩。"

楚雁飞张开双臂，做飞翔状，还嘎嘎嘎地叫了几声，说："您是老斑头雁，我是小斑头雁，永远在一起。"

权　谋

　　马鸣从科室调到锻工车间当主任，刚好三个月，就深深地感到，自己这次行动的极端荒诞和愚蠢。

　　他今年二十八岁。读了几年的大学中文系后，招聘到机床厂的党委办公室当秘书。苦苦巴巴干了四个年头，一天到晚泡在材料堆里，熬得脸窄如刀削，一副大框宽边眼镜，沉重地架在鼻梁上，脸上被覆盖的面积几乎达到三分之一。最让他难受的是，和他同时进厂的，或当了科长，或升了工程师，只有他依旧是一个被人使唤来使唤去的小卒子。老婆看见他就阴着一张脸，从没一句充满诗情画意的言语，好像嫁给他吃了一个好大的亏。

　　机会突然来了。锻工车间的老主任退休了，厂部决定从科室人员中选一个精明强干的下去接任。

这个车间不过五十来号人，架子是个科级，实际上不过等同于大车间的一个班组，干的活又累又重。那些牯牛般壮实的后生子，一个个都是翻江倒海的角色，谁见了都心怵。马鸣一时心血来潮，又是申请又是恳求，接下了这个差事。他想过，这应该是很合算的，毕竟可以从一个小干事挪到科长的位置上。

接到任命书的那一天，老婆兴高采烈地办了一顿丰盛的晚餐，还特意备了一瓶好酒，让马鸣喝得一张脸像是在染缸里染过，红得艳艳的。晚餐后，夫妻俩看了一部言情电视片，把情绪酝酿得足足的，然后就上了床……

等马鸣真正地到锻工车间上了任，才晓得这果子不是好吃的，要不，为什么科室那么多能人都不下去？这些操气锤的爷们硬是难侍候，火气又旺，几句话没对上劲，就会跳起来用手指点着他的鼻子说："你来试试，不要光是嘴巴上讲，喝茶看报纸谁都会！"

他不敢回话，他会操气锤吗？不会！在学校学的诗词歌赋和锻件沾不上边，机械上的事，他就是把眼睛瞪得鸽子蛋大，也看不出任何门道。

于是，车间月月完不成任务，厂长看见他好像看见了仇人，好几次在生产调度会上咬牙切齿地斥责他。车间书记是个老病号，马鸣一报到，对不起，他到张家界疗养去了，剩下马鸣一个光杆司令支撑这个破摊子，急得只差没有悬梁抹脖子了。

车间里，忽然来了一个刚从机械学院毕业的女大学生，叫肖霞。姑娘长得还真漂亮，身架子苗苗条条，脸模子很白净，一双眼睛老是含着笑，笑得很甜。

马鸣心里一百个不愿意，那么多爷们已经让他焦头烂额了，再来一个娇小姐，这不是雪上加霜？可他没法子选择，男的，尤其是长得威武健壮的，早被别车间要走了，剩下这么个宝贝，不要也得要。

马鸣苦着一张脸，安排她当技术员兼生产调度员，她一连点了好几下头，说："行行行。"接着，她的鼻翼好看地翕动了几下，问："哪里飘来的桂花香？"

马鸣摇摇头，觉得这姑娘太浪漫，这里除了浓重的烟火味外，还能闻见什么？

她又嗅了一阵，很自信地说："没错，这厂区内一定有桂花树，真的。"

马鸣不耐烦起来，从抽屉里扯出几张任务单交给肖霞，说："今天是这个月的头一天，等下子要开个班组长和生产骨干会。你先看看任务单上的内容，开会时我先说几句，然后你就念任务单。"

肖霞接过任务单，笑着说："好的，马主任。"

马鸣叹了一口气。开这样的会他简直开怕了，好像是开他的斗争会。那些爷们唇枪舌剑，推推挡挡，棘手的活谁也不肯接，任你磨破嘴皮也无动于衷。

不一会儿，班组长们陆陆续续到齐了，小小的办公室坐得满满的，带点馊味的汗气放肆地氤氲开来，马鸣被呛得出气不赢。

肖霞宁静地笑着，坐在一个角落里，大大方方地望着这些穿着油晃晃工装的汉子们。汉子们也从各个不同的角度打量着她，那些惊喜的火辣辣的目光，在她脸上烙来烙去，恨不得烙出几道印痕来。开会从来没有这么安静过，除了眼睛不规矩外，一切都老老实实。

渐渐地，有人掏出手帕，使劲地擦脸上的油污；有人偷偷地把工装的扣子扣起来，让光秃秃的胸脯有个遮挡；有人悄悄地把脚往凳子下移，因为那双翻毛皮鞋太脏了。

马鸣咳了一声，用眼睛小心地扫了一下会场，这种安静与虔诚简直使他受宠若惊。

"今天请大家来，就是想安排一下这个月的生产任务……"他故意打住话头，看看有什么反应——什么反应也没有，这些人腰板子挺得笔直，像一个个刚入学的小学生。

"厂部三令五申，这个月的任务一定要完成。另外，上两个月欠下的数目，也要陆续补齐，大家要有思想准备。"

说这一段话时，他的心咚咚地跳得好慌，这些汉子是不是会蓦地站起来予以批驳，脏话、臭话呼啦啦往他身上泼，或者一声呼喊甩手而去？

什么也没有发生，平静如秋水，未动一丝毫。他马上怀疑这一切是否都是真实的，就又透过眼镜警惕地扫了一遍会场，他发现这些汉子的目光都牵在肖霞身上！他一颗心落下来了，同时嘴角叼起一丝淡淡的笑。这锻工车间是个纯阳世界，何曾来过一个异性？！

马鸣眉毛一扬，亲切地说："我来介绍一下，这是新分到我们车间的肖霞同志，以后，生产上和技术上的事，由她和大家联系。下面请肖霞同志念一念任务单。"

大家哗哗地鼓起掌来。

肖霞站起来，朝大家鞠了一躬，然后用很好听的长沙话说："我初来乍到，请师傅们多多关照。"

有几个后生子忍不住笑了，不过笑得很轻。

肖霞把各个班组的任务及技术要求，有轻有重地念了一遍，听的人睁大一双眼睛，大气都不肯出一口，好像是在听一个津津有味的小品或是一首优美的诗。

马鸣问："大家有什么意见？"

"没有！"众口一声，干净利落。

"那就散会吧。"马鸣暗自舒了一口气，他从来没有这么愉快过。

这一天的汽锤响得特别的高昂。

第二天一早，当马鸣走进车间办公室，发现肖霞早到了，桌子抹得干干净净，在墨水瓶和文件夹旁边，多了一个小花瓶，里面插着几枝桂花，满屋子香得浓郁。

肖霞说："马主任，厂里面果然有两棵桂花树。我折了好几枝。喏，这就是。我还给每个班组都送了，用报废的空心圆柱工件当花瓶，师傅们都说好香好香。还说，打出的工件也会带着桂花香，真有意思。"

马鸣赞赏地说："好。好。肖霞，没事时，你多到车间走走。还有，我想恢复一下学习制度，每周二、四下班后，开展读报活动，由你来读，好不好？"

肖霞一口答应了。

马鸣兴奋地点着一支烟，狠狠地吸了一大口，然后慢慢地吐出来，呛得肖霞几乎流出了眼泪。

进度表上的红箭笔直地往上射，这个月各个班组的任务都超额完成了。周二、四下班后的读报活动，也搞得有声有色。先前，哪个还耐得烦坐下来开会，一身臭汗，下班汽笛一响，跑得比鬼还快。现在却整整齐齐地坐在车间里，听肖霞读报纸、社论啦，国际国内要闻啦，中央首长关于廉政和亲民的讲话啦，边读还边加些解说。反正不管肖霞念什么、说什么，大家都觉得很好听。马鸣除了说几句开场白之外，其他的时间就是坐在一边吸烟，脑壳里想自己的事，眼珠子滴溜溜地转得很老谋深算。

厂长第一次在中层干部会议上，和颜悦色地表扬了马鸣，并要他介绍一下经验。

马鸣谦逊地推让了一阵，才娓娓动听地谈他如何与工人打成一片，如何加强文化学习，提高整体素质，如何狠抓生产管理……末了，说："这不过是一个开端，我们有决心让车间的生产出现更大的高潮。"

话刚完，厂长用手一敲桌子，喊了一声"好"。

在办公室，马鸣有意无意地对肖霞说："年轻人嘛，思想可以活跃一些，比如衣服，不一定硬要穿工装，可以穿点别的颜色别的款式，给生活增添美感嘛。"

肖霞从心眼里觉得这个主任不错，懂得年轻人的心思。于是，她就穿一些款式新颖、颜色鲜艳的衣服上班，蹦蹦跳跳拿着记录本，到车间去检查任务完成情况，了解质量问题。

而马鸣则很少到锻工车间去，他作古正经地伏在桌上写总结材料，写了又改，改了又写，一字一句地推敲，那张瘦长的脸上整天洋溢着喜色。

三个月又过去了。

锻工车间的生产任务月月超额完成，厂广播室不时地播发表扬稿，全厂上下都说马鸣是个人物！评先进车间主任时，他的名字赫然于榜首。

厂里成立政宣处时，马鸣成了无可争议的处长最佳人选。他暗自庆幸总算离开了锻工车间，从今以后，他是再不会发蠢气要求到基层去了。

临别，马鸣真诚地对肖霞说："我真的要感谢你！"

肖霞天真地笑起来，说："我什么也没做，感谢我做什么？"

马鸣的脸一红，推了推鼻梁上的眼镜，慌忙把话岔开了……

烧　炉

华灯初上时，他对老伴说："今夜该升火烧炉了。"

老伴一笑："儿子来电话，他想赶回来现场拜师，学学你的绝招。"

"那局长还有炉子吗？儿子是搞城市规划的，学这个干什么？"

"你没听儿子说局长就爱玩铜炉吗？你叫洪声远，声名远播，儿子就不能教一教？"

他的脸蓦地拉长了。

洪声远，字霜钟，名和字都是父亲取的。六十五年前，他在一个深秋子夜呱呱坠地，离这条小巷很远的黄叶寺，正好响起了钟声。熟谙唐诗的父亲，便从《枫桥夜泊》中的"夜半钟声到客船"，找到了灵感。

洪声远在大学读的是考古系，毕业后便分配到本市的博物馆工作。因对历代瓷器研究甚深，同时对明、清以来的各种铜炉独具慧眼，撰文多有创见，五十岁时已是研究员了。他五年前退休归隐，除了职称之外，此生未领受过任何官衔，是名副其实的一介布衣。

博物馆的同事，都说他除研究瓷器颇有见地外，鉴别、养护铜炉亦高人一筹，特别是烧炉的绝活，为世所重。

所谓铜炉，指的是专供焚香、烘手的小巧器具，前者谓之香炉，后者谓之手炉。铜炉虽有款识却无铭文，形制和花纹都较为简单，但历代藏炉家青睐的是铜炉简练的造型和幽雅的铜色，尤以不着纤尘，润泽如处女的肌肤，精光内含，静而不嚣为贵。若如此，必长期添炭培灰，徐徐火养而成。铜色在火养的过程中，愈久愈好看。这是明、清文人的一份雅趣，几人能享？

洪声远对铜炉情有独钟，博物馆就收藏不少。他在职时，决不允许在色泽包浆颇佳的铜炉上，用化学糨糊去粘贴标签。标签无论将来揭与不揭，"肌肤"上已落下一个"疤痢"，即便以温火养护，八年十年亦难去其痕迹。他说："在铜炉上贴标签，与煮鹤焚琴何异？"

对于刚出土或收购来的铜炉，污锈遍体，黯然无色，徐徐火养毕竟时间太长，洪声远敢于以猛火快速烧成。此法在清人吴融的《烧炉新语》中提及，又经他多年实践，颇有心得。

可惜儿子干的不是这一行。

儿子三十四岁了，是 1976 年的三伏天生的。天气热于炉火、他又喜欢铜炉，本想给儿子命名为"洪炉"，并取字为"畏炎"，含有莫"趋炎"之意。老伴是个中学语文教师，说这个"炉"字太扎眼，就叫"洪伏"吧，"伏"与"福"谐音哩。

洪声远的父亲早辞世了。儿子大学毕业到了城建局，接着是结婚、生子，眼下是该局设计科的副科长。儿子常抱怨，不知这"妇（副）科病"何时能治愈。他就不明白，儿子是有专业的人，可以在学问上长进，干吗老想着当官这件事。

八点钟了。儿子又来了电话，说他和局长刚在酒楼吃完晚饭，是陪省局来的几个客人。还得去茶楼喝茶谈工作，今晚他就不回家了，谢谢老爸的辛苦。

洪声远冷冷一笑："我的儿子成'三陪'了。喝酒、喝茶全成了谈工作的借口，可悲可叹！"

老伴说："还不是为了混个正科长。老洪，你去烧炉吧，儿子的事比天还大啊。"

"我是'不求闻达于诸侯'，却逃不脱'莫为儿孙作马牛'的蠢命！"

杂物间里，洪声远指挥老伴烧起一盆旺旺的木炭火。节令还是初秋，屋子里的温度猛地升高了。

他把外衣脱掉，只剩下一件衬衫，再把袖口捋起来，然后对老伴说："你有病，去客厅看电视吧。"

老伴问："你受得了吗？"

"放心，我还不算老。"

待老伴走后，他把门带上，从一个小木盆里捞起先煮后浸泡的铜炉，借着明亮的灯光细看。这是一只明代的手炉，是冬天用来烘手的，小巧得可纳于袖中，故又称袖炉。好玩意啊，作花盆状，凸雕的菊花菊叶满满地覆盖在铜盖上，端着它如同端着一盆菊花。炉身上刻着扁鹊、华佗、李时珍、张仲景等医界先贤的形象。款识是"杏林之家"。看得出，它曾是一个中医世家的传物。

早几天儿子拿来时，铜炉遍体是污垢和绿得发黑的锈迹，哑暗无光。

洪声远一看，就知道它的年代和质地。

"哪里来的？"

"是一个房地产老板主动转让给局长的，花了大价钱，两千元！"

洪声远差点跳了起来。这东西值个五万以上！

"爸，局长得到这个铜炉，突然有了收藏这类玩意的兴趣。他请教过一些专家，明白了铜炉之美在于铜色，要有好铜色必须烧炉，烧炉能速成者便是爸爸。局长给了我这个效力的机会，我得珍惜。"

他本想呵斥儿子一顿，但还是忍住了。假如铜炉来得正道，为了这一件文物的存世，他何乐而不为。可两千元能买到这样的好东西吗？何况是一个房地产老板让给城建局局长的！

但他还是答应了儿子的请求。

先是用铁锅盛上杏干水，在灶火上把铜炉煮了一天一夜，取出后再在冷了的杏干水中浸泡十来个小时。现在，污垢没有了，外面的一层锈壳也没有了，但还没有显出铜的原色，下一步就是烧炉了。

他用绒布把铜炉里里外外擦得干干净净，小心地放在这盆木炭火前的石板地上。随即，用火钳往火盆里添上几块结实的木炭，再用扇子轻轻地扇火。火星爆裂作响，金红的火苗呼呼直蹿，黑色的木炭立刻烧得透亮。

洪声远的脸和裸着的手臂，抹上了一层金红的光彩，酷似古铜所铸。他用火钳急速地夹出透亮的木炭，一层一层架在铜炉中，再盖上铜盖（铜盖上有密密麻麻的气孔）。他在脸上抹了把汗，随手一甩，有的汗珠子落到铜盖上，嘶嘶直冒白气。

老伴忽推开门进来，问："老洪，关门做什么？你不是烧炉，是炼人！"

"你不懂。炉里炉外都有温度要求。你快离开，带上门！"

铜炉里火势弱了，再换上烧红的木炭。什么体量的炉，炉壁厚度各异，一次烧多久，添多少炭，每个时段都有不同的讲究。有的炉可以一夜烧成功，变得锃光古雅；有的一夜未果，第二天再煮再泡再烧，方渐入佳境；有的呢，怎么烧也烧不出来，谓之"哑炉""死铜"，藏家就只有忍痛割爱了。但在洪声远的手上，从没有出现过这种现象。

洪声远烧了一夜的炉，老伴在客厅看了一夜的电视。

天亮了。脏兮兮、汗涔涔的洪声远走出了杂物间，进了客厅。

老伴问："成了？"

"没成！再煮再泡再烧，如果是'哑炉''死铜'，那是我运气不好。"

……

一眨眼半个月过去了。

洪声远和儿子谈了一次话，告诉他这铜炉没法烧成，对于局长来说，只有两种选择，一是花个十年八载的功夫，日夜温火蓄养，还得巾围帕裹，不停地用手摩挲炉体，或许会重焕光彩；二是赶快退回原主——这玩意不是好东西！

儿子的头耷拉下来，他不明白久负盛名的烧炉大师，手下怎么会出现"哑炉""死铜"……

孤　石

　　汽笛响起来的时候，朱庆已经把龙门刨床开动了，笨头笨脑的刨刀缓缓地在又宽又长的钢板上行进，犁出一卷一卷薄薄的钢屑，星星点点的暗红色的火花寂寞地开了又谢，谢了又开。把整个钢板的平面刨一次，需要差不多四十分钟，在这段时间里，他可以去喝茶、看报、上厕所、找人聊天。但这一切似乎暂时都没有必要。

　　偌大的一个车间，只安装着几台大型刨床，他的师傅黄子正就站在不远处，工作帽下露出缕缕白发，脊背微弓，一双眼睛瞪着刨刀。几十年就是这样一个生命形态。

　　其余的人，或坐，或站，或拎着一张过时的报纸，或呆呆地望着屋顶白天也亮着的日光灯，俨然一群泥塑。

　　满车间只有马达声，刨刀在钢板上犁动的沙沙声。朱庆觉得很岑寂，很孤独。

这种感觉并不是他进了工厂后才有的。

他一生下地，就被丢在外婆家了。爸爸妈妈随着一支勘探队，长年累月穿行在大西北找矿，只有过春节才风尘仆仆赶回来，住上十几天。他孤寂的心地刚刚盈满暖意，爸爸妈妈又走了，走得远远的。

外婆家后院有两棵柚子树，夏夜，他就搬条小凳子坐在树下，看斑斑点点的月光从叶隙间漏下来，听墙角传来的蛐蛐声。秋天，柚子香一直飘到屋子里来，进入梦乡后，他就看见一个一个金黄圆硕的柚子，叽叽喳喳地向他述说什么。

他自小就不爱多说话，也许是由于说话的机会太少。外婆也是在城里长大的，不会唱民谣，不会讲故事，只是在吃饭时不停地说："你吃饱了没有？再吃一碗吧。"后来……高中毕业了，没有考上大学，到工厂当了一名刨工，一出师便和这台龙门刨床厮守在一起，还有生产指标枯燥的数字。

朱庆又看了看师傅那永远不会改变的姿势，想起刚开始跟师傅学徒时，他也叫他这么好好地站着，看刨刀怎么行进，一趟来一趟去，从火花的色彩中辨出刀刃的角度和钢板的光洁度。站得他腰酸了，看得他眼花了，可师傅依然纹丝不动。师傅说："这是基本功，没一沓子岁月是学不来的。"

朱庆跟着师傅规规矩矩地站了六个月，现在想起来真有点害怕。

朱庆转过身子，望着窗外。

窗外有一块小小的园地，正中立着一坨一米来高的山石，上面覆盖着一层紫褐色的苔衣，石根周围簇着萋萋的草叶，很像一幅立体的图画。

朱庆的目光立刻变得柔和起来。这一坨山石，使他想到云蒸霞蔚的峰峦，想到碧林深处的楼台亭阁，想到砍柴人的带点野味的歌谣，想到轰然直下的瀑布……他觉得这孤石是活生生的，它懂得他，他也懂得它，正像李白所说的：相看两不厌，只有敬亭山。

这块石头是他在厂区后面小山坡下寻到的。那是一个暴雨初歇的夏日黄昏，下班了，突然有了一个奇怪的念头，想到厂区后面去遛遛。

一道七彩长虹横在山坡上，茂密的草叶上挂着累累的珠串，空气非常新鲜。朱庆急急地走着，凉鞋踏在湿湿的泥地上，嵌下深深的印痕。在山坡下的一处凹地里，平躺着一块石头。

朱庆久久地立在它旁边，细细打量，然后把它扶起来。那些缩小的云山，那些很有力度的纹理，使他的心"怦"地一动。山石上缥缈着淡淡的水汽，在夕照中幻出奇瑰的光彩。他惊呆了，不完全是为了它的奇绝险峻，而是为了它的孤独。真的，它太孤独了，在这僻静的野外，没有谁来注意它，一任风吹雨打日头晒。

他决定找几个伙伴来，把它抬回去，立在车间外，这样他和它就可以日日相伴了。

打从有了这坨立在车间外的石头，朱庆总能提早上班，下班后也不急着走。他给山石浇水、植苔，在山石周围培植小草，拾来断砖围出一块园地。山石上渐渐地生出紫褐的苔斑，石缝里冒出小小的草叶。

师傅看见他弄得工装上满是泥水，目光里就闪出许多的迷茫，然后叹了口气，说："到底是个孩子。"

在刨刀运行的那个四十分钟里，朱庆再不感到难熬了，他可以别过身子去看山石，去和山石无声地对话，那种从心底生发的愉悦谁又说得清呢？他曾把这件事写在信上，寄给远方的爸爸妈妈，他想他们一定能够理解这一份寂寞和孤独。

好容易盼来了一封信，信上说：从你所描述的石质和形态，可以推断是沙积石，属于软石的范畴。然后又叮嘱不要玩物丧志，要好好地工作，听领导的话……

朱庆读信时的那种失望，沉得像铅块，压得他的胸口格外难受。他们一辈子找矿，和各种各样的石头打交道，一切都变得司空见惯，他们无法想象儿子的这一发现所带来的惊喜。唉，人总是容易变成一种职业的符号。

有一天，山石突然消失了！

地上分明留下一个不浅不深的凹痕，边沿依旧留着一圈枯黄的草叶，好像一句依依不舍的告别。山石真的离开他了，离开得真是匆忙！

昨天上午，他被指派去市里参加一个"英模报告会"，临近下班时他赶回车间，发现那坨石头不见了。

师傅正好下班，对他说："厂长说这块石头很好看，就叫人搬到厂部会议室去了。"

朱庆跳起来，恶狠狠地说，"那是我的石头！"

师傅拍拍他的肩，说："你真不懂事。"

下午，等刨刀大模大样地走动后，他就溜到厂部大楼去了。一口气他跑上五楼，找到那间大会议室，门牢牢地锁着，真恨不得在门上踹几脚。他只好转到一个紧闭的大玻璃窗前，睁大眼睛往里瞄。终于看见那坨山石了，立在一个冷冷清清的墙角。很好看的镂花木架子上，搁着一个浅红的很新色的紫砂盆，盆子里立着他的孤零零的山石，可怜巴巴的样子。他的眼里突然涌出了泪水。

下楼的时候，他碰到了西装革履满面矜色的厂长。

他突然大声说："你偷了我的石头！"

厂长还没有回过神来，他已经咚咚地走远了。

刨刀不知撞到什么硬处，"咔啦"一声脆响，刀子断了。他听见师傅在吼："朱庆，你的魂丢了？"

他走到刨床前，按下开关，刨刀马上立住了。

是的，他的魂丢了。

他对师傅喊道："老子不想干了！"

然后，从从容容地走出了车间。

第二天，他向厂部递交了一份辞职报告。

策 划

　　星期一的上午，老策打了个电话给马到成功文化策划公司，说是家里有客人来，他就不来上班了。作为总经理，他完全可以安排自己，部下该干啥还干啥。

　　初夏的早晨，阳光亮晃晃的，但并不灼热逼人。窗帘早拉开了，卫生也让钟点工打扫过了。老策把茶具洗涤一净，又认真地把客厅、书房、卧室检查了一遍，剩下的事就是等待客人上门了。

　　客人也是客户，是本市凌云京剧团的团长寿祺和花旦柴焰红。

　　客厅里，一色的明式红木家具，长条茶几、圈椅、八仙桌、博物架；墙上挂着当代名画家的水墨花鸟国画，梅、兰、竹、菊，清雅可人；墙角的方案上，摆着老式的留声机和一叠胶木唱片。

　　他坐下来，啜着一把小巧紫砂壶里的茶。这几天还真累，但值得，到处都听见夸奖他老策的话语哩。作为一家办了十年的文化策划公司，确实让不少单位不少人"马到成功"，他真是名副其实的"老策"。

老策并不老，也就四十岁出头，而且至今守身如玉，是个快乐的"钻石王老五"。他当然信策，叫策天，但这个姓在百家姓里却找不到；干的又是策划的行当，资格也老，所以人呼其为"老策"自在情理之中。湖南方言中的"策"，还有能说会道、喜开玩笑逗乐子的意思，策天当之无愧，不但表现在言语上，在业务的策划和实践中，常出人意料之外，总带有一些游戏的意味，却往往能收到极好的效果。

老策真是名不虚传。

有文凭，有房，有车，有名声，却没有老婆。不是找不到，是不想找。他说："大学毕业，失去的是自由，获得的是工作；结婚呢，失去的是快乐，获得的是奴役！"他的业余生活，无非两大爱好，一是读书，二是听京戏。他自称书友，却不敢自称"票友"，虽说他懂京戏，却不能哼不能唱。

他不知道寿祺和柴焰红，为什么要登门来叩访他。

寿祺五十来岁，是他的老朋友了，既是团长又是"麒派"名老生，戏唱得好，人缘也不错，为了京剧的繁荣，舍得吃苦，也不怕受委屈。柴焰红是中央戏剧学院的本科毕业生，攻的是"梅派"花旦，招聘到这里来，也就半年的样子，扮相俏丽，唱、念、做、打都很见功夫。"梅派"名剧《贵妃醉酒》《天女散花》

《玉堂春》《黛玉葬花》……老策都看过，确是光彩照人，但他与她并没打过多少交道。

半个月前，寿祺找到老策，请他策划怎么把柴焰红捧红，戏迷的眼睛里总得有个"焦点"，一个"角"红了，京剧团也就红了。而且说怎么策划都行，只是剧团拿不出很多钱来。

老策说："我也是个戏迷，责无旁贷。我决不收一分钱的策划费，但你们要听从我的安排！"

正好有一家天天乐文化体育用品商场，要择吉日举行开业典礼，也找了老策帮忙。老策眼睛一眨，脑袋飞快地转动开了，这不是"一石二鸟"的事吗？

先打广告、贴海报，遍告全城，剪彩人既不是领导，也不是商界巨头，而是振兴京剧团著名的年轻未婚的"梅派"花旦柴焰红，穿《贵妃醉酒》中杨贵妃的戏服，并化妆响亮登场。剪过彩，柴焰红还要现场"彩唱"一段。而且在这一天，凡购买两百元以上的商品者，均可获一张当晚的京剧票，戏码中就有柴焰红所演的《贵妃醉酒》！

开业典礼是昨日上午十时举行的，商场里人山人海，热闹非凡。柴焰红身着华丽的戏服，头戴闪亮的水钻头面，又年轻又漂亮又富贵。掌声、欢呼声，此起彼落。谁见过这种别具一格的开业典礼？

商场给老策付了一笔很可观的策划费……

十点半的时候，门铃响了。

老策忙去开门，来的果然是寿祺和柴焰红。

他把客人让到客厅里坐下，忙沏茶，摆上糕点和水果。

老策平素见过寿祺多次，但未登台"淡淡妆、平常样"的柴焰红，却是第一次见到，很青春，也很时尚：发是贴头皮的短，穿的是无袖衫，高跟皮凉鞋又高又精致。

"老策，一个人住这么大的房子，好气派！"柴焰红说。

"小柴，你就不能叫老策了，要叫小策。"寿祺说。

"叫老策好，比起柴老板来，我就是老字辈了。昨晚我去了剧院，满座还加站票，都说你们的戏精彩，柴老板一出九龙口就是'碰头好'，难得，难得！"

寿祺笑得很开心。

"二位到寒舍来，准有什么事要吩咐吧？"

柴焰红从手提包里抽出一张《晨报》，晃了晃，说："策总经理，这是怎么回事？"

"是报纸上发的开业消息？还有昨晚的演出盛况？"

"那些都好，辛苦你了。可这以我的名义刊登的'柴焰红鸣谢'的广告，就让我不懂了，我只好请了团长来问一问。"

寿祺说："老策呀，你让小柴着戏服、化妆，我同意了，还交代她要戴上钻戒，假的也行，我也同意了。那年代杨贵妃有钻戒吗？好在不是上台正式演出。可这条广告说：昨日上午我在'天天乐'剪彩，遗失大钻戒一只，如拾者送还，我定有重金酬谢。小柴的假钻戒没有遗失，即使丢失了，她也不会去打广告呀。"

老策优雅地打了个响指，仰天哈哈大笑，说："二位不必在意，这不是为了炒作吗？商场也高兴，很多人会有意无意去那儿，人气就旺了。柴老板也应该高兴，剪个彩就掉了大钻戒，你的名字一下子就被人记住了，想一睹芳容，到剧院买票看戏去！"

柴焰红的脸红了，说："就是有点太离谱了。"

"离谱好，目的只有一个，就是把京剧炒热，把柴老板炒红！按我的计划，这广告再打两天，第三天，仍以你的名义打一个广告：谢谢××先生璧还钻戒，并致谢仪三千元。"

"老策，你不收策划费，还这么费心思，我代表京剧团，谢谢你了。"

"寿团长，你看柴老板都没说个'谢'字哩，准在心里说我俗到骨子里了，是不是？"

柴焰红"扑哧"一声笑了。

气氛很轻松，三个人喝着茶，缓缓地聊起京戏来。

"老策，你昨晚看了小柴的《贵妃醉酒》，感觉怎么样？"

"好极了。柴老板唱得好，做功也不错，特别是醉态演得有分寸，醉中透出的自怜自爱和悲凉的况味，很感动人。"

"策总，我就没有缺点了？"

"恕我眼拙，看不出来。只是……贵妃出场，就有两个抖袖，身子都要往下略蹲，态度凝重大方，柴老板能否把两次'抖袖'

和'略蹲'弄得稍有变化？"

寿祺说："有道理。"

柴焰红说："这才是行家之语哩。"

快到中午了，寿祺和柴焰红欲起身告辞，老策拦住了，说："二位赏个脸，就在这里吃个便饭。饭菜我已订好了，洞庭春饭馆马上会派人送过来。菜很清淡，保证不伤二位的嗓子：烧海参、肉片焖芸豆、虾片炒茄子、火腿冬瓜汤、素炒莴笋片，再加饮料黄瓜汁。"

寿祺说："我倒是来过，也吃过，小柴你是过门客，就留下来吧，老策是你的知音哩。"

柴焰红点了点头，然后说："寿团长，你说策总的书房里有很多书，我想看看，说不定还可以借几本回去读哩。"

"让老策引你上楼去吧。我想歇歇乏，喝喝茶。"

……

柴焰红真的像一盆火焰，经过马到成功文化策划公司的添料吹风，红得耀眼了。

有事没事，柴焰红总会给老策打个电话问好，只要有演出，她准会请团里的人，捎张票给老策。

老策收到票，不管怎么忙，一定会去看戏。票总是头排的，上台演出的柴焰红，只要瞟一眼，就可以看见他。老策在演出前，总会把两篮鲜花，分搁在戏台的两侧，表示祝贺。一篮的彩带上写着：祝振兴京剧团演出成功；另一篮的彩带上则写着：

祝名旦柴焰红为"梅派"增辉添彩。但老策在演出前和散戏后，决不到后台去，来了就来了，去了就去了。

有一个晚上，柴焰红正好没戏。她在黄昏时打电话给老策："策总，今晚我没戏哩。北京来了个芭蕾舞剧团，在百花剧院演出哩。我这儿有两张票，你陪我去看好吗？"

老策很客气地说："柴老板，真不巧，今晚要和客户签个合同，走不开啊，真的对不起。"

柴焰红语气嗲起来了："小策，那么远的路，我怎么去？合同明天签不行吗？寿团长老在我面前夸你，好像……我是你的……什么人哩。"

老策还是很柔和地说："柴老板，商场如战场，没法子超脱，请你原谅我这个俗人，下次吧……下次吧。"

柴焰红把电话挂断了。

老策下班后，直接开车回到家里。一个人永远是快乐的！

他打开留声机，放上老唱片，是梅兰芳的《贵妃醉酒》：

"海岛冰轮初转腾，见玉兔，玉兔又早东升。那冰轮离海岛，乾坤分外明，皓月当空，恰便似嫦娥离月宫，奴似嫦娥离月宫……"

琥珀手链

　　年近半百的湘楚大学考古系教授柏寒冰，业余爱好除了看书、著述之外，最喜欢做的事，就是抽闲去叩访城南的古玩街。一个店铺一个店铺地看过去，金石、字画、瓷器、杂项，在一种高雅而古典的气氛中，让身心得到最大的愉悦。他不着意于收藏，但偶尔也会买上几件被店主看漏了眼的小玩意，价格便宜，又"真"又"古"，作平日休憩时的把玩，那一份快意只有他自个儿知道。

　　古玩街的店铺，他太熟悉了，有经营专项的，也有啥都上柜出售的，前者历练已久，属于"老江湖"了，后者往往初入此道，于杂乱中显出一种热闹。柏寒冰特别留意于后者，往往在这种地方，可以捡漏，淘到称心的宝贝。

　　在午后稀薄的阳光下，柏寒冰走进了这家新开张的"赏奇斋"。他清楚地记得，这家店铺原名"悦古斋"，专营古旧家具，店主是个白发老爷子，大概是赚够了钱，把店铺转让了。里面的格局，已经全变了，古旧家具一件不见，墙上挂着字画，博物架上摆着铜壶、瓷瓶、佛像，柜台里胡乱搁着一些钱币、项链、砚台、灯具，一看就知道店主应是个品位不高的新手。

柜台里果然站着个年轻人，不到三十岁，长得很粗壮，浓眉、大眼、高鼻，下巴上蓄着一小撮胡子。看见有客人进来，他只是点点头，连问候都没有一声，不是过于自矜，就是有点傻愣。

柏寒冰冷冷地扫了他一眼。进门时，从墙上挂着的营业证上，知道这个店主叫毕聪，本想主动打个招呼，喉结蠕动了一下，到底还是忍住了。

柏寒冰先看字画，真的、好的，少！有一幅黄胄画的《毛驴图》，初看，题款是真的，可那几只毛驴用笔用墨虽有几分相似，但不是黄胄画的，缺那么一点精气神。看得出是一张黄胄的真迹，分成了两张画，这张是真款假画，另一张呢，只可能是真画假款，没挂出来罢了。他再看博物架上的玩意，最终也只是摇了摇头。然后踱到柜台前，俯下身子，细细地看。他的眼睛突然一亮，那不是一串琥珀手链？但说明卡上只是标着"旧式手链"四个字。他的脑海里立即蹦出一段段的说明文字：琥珀为植物树脂经过石化的有机矿物体，产于煤层或滨海的沙石矿中，起码经历了四千万年的演变；色分蜡黄、红褐，称之为"金珀""血珀"……

他相信他的眼力不会错，这串暗红色的琥珀手链，是用八颗琢磨好的琥珀珠穿成的，每一颗都有拇指甲那么大。当然，检验琥珀的真伪还有其他办法：其一，在皮毛或丝绸上摩擦后，看琥珀可否能吸引小纸屑；其二，琥珀的比重略大于水，在一杯水中搁少量的盐，看放入的琥珀是否会飘浮起来。但他无须这样烦琐的求证，此刻他只是想知道，毕聪是否明白这串手链是琥珀的就行了。

柏寒冰问道："请问这手链是什么材质的？"

毕聪说："不知道。是从一个老宅子里收购来的，应该是个老玩意吧。"

"出价多少？"

毕聪想了好一阵，咬了咬牙，说："五百元吧。"

柏寒冰心里笑了，这样大的琥珀珠，每颗应在两百元左右，可见毕聪真没看出这是琥珀手链。

"请拿给我看看，好吗？"

"好。好。"

柏寒冰并不是真要看，只是做出看了又看的样子罢了，然后说："可以少点儿吗？"

"多少呢？你说个价。"

"四百元怎么样？"

毕聪装出很犹豫的样子，吞吞吐吐地说："你就再加五十元吧。"

"行。我要了！"

柏寒冰付了款，转身准备走时，毕聪很恭敬地说："你是柏寒冰教授吧？"

柏寒冰愣了，问："是。我并不认识你呀。"

"我买过你一本谈考古的书，上面有你的照片。我叫毕聪，请你记住我，日后还请你多多关照。"

"小毕，我捡漏了，这是琥珀手链，你居然没有看出来！"

"是吗？我高兴啊，今天认识了你这位大教授。"

"小毕，再见！"

"柏教授，你走好！"

······

又过了些日子，立冬了。

本市的一家拍卖公司，从古玩街征集了一批古玩，准备邀请企业界人士竞拍，响应者甚众。

在竞拍之前，拍卖公司先请文物专家前来鉴定、估价。还特意通知了有古玩送审的店主到会场旁听，以便增长见识。

柏寒冰当然在受邀的专家之列，当他走到会场门口时，毕聪立刻迎了上来。

"柏教授，你好！"

"啊，是小毕，你送了什么好玩意？"

"一张已故大画家黄胄的《毛驴图》，很多企业家都看中了这张画呢，出价不会低的。"

"就是挂在你店里墙上的那一幅？"

"对，就是那一幅，还得请你美言几句啊。那串琥珀手链，你觉得满意吗？我店里还有几个琥珀物件，你什么时候来看看吧。"

柏寒冰全身的汗毛都竖了起来，那天他去买琥珀手链，还自以为是哩，分明钻进了毕聪设的"套"里！这小子哪会不懂琥珀？为的是让他尝点甜头，在关键时刻好说出违心的话。他拍拍毕聪的肩，说："你年纪虽小，心眼却多，真让我长了记性。"然后，一昂首走进了会场。

轮到柏寒冰发言时，他公正地评说了所有送审的古玩，重点谈了对《毛驴图》的意见：款识虽真，画却是伪造的，一定要撤下来！

毕聪痛苦地垂下了头。

第二天，柏寒冰特意去了古玩街的赏奇斋，把那串琥珀手链放在柜台上，钱也不要退还，扭头飞快地走出了店堂。

琴　友

这两个人是琴友吗？也是，也不是。

堪为琴友，是因为他们都痴爱古琴，也会弹奏古琴（古语称之为"抚琴"），还懂乐理、琴理。只不过很多的时候，是一个人抚琴，另一个人凝神倾听、品赏。这种格局，不是琴友是什么？

但又不能称之为琴友，是他们之间有主客之别，是雇佣关系。一个是徐府的主人，一个是受雇延请的琴师。一个年近花甲，一个才入不惑。一个家有万金，且腹笥丰盈，属于社会名流；一个是沦落的世家弟子，生计窘迫，常慨叹天道不公，世有遗珠。

他们能聚到一块，是缘分。

二十世纪三十年代，徐府在古城湘潭无人不晓，也读书，也做官，也经商，富足而文雅，赫赫扬扬，声名远播。到了现今的主人徐元白这一辈，繁华与风光依旧。他面白无须，体量高大，说话洪亮；会作诗，诗崇唐代的元结和白居易，故改名为"徐元白"；擅书法，字出于汉简、楚简，别有风韵；喜欢抚琴，会弹的曲子虽不多，但颇知此中奥妙。徐家在城中开着好几家上规模的药行、药店和制药厂，徐元白是董事长，还办了一个私立潭州中学，校长自然也是他了。官不任实职，挂个"县参议"的虚衔，不拿薪水，也不管事。这可了不得，为官、为商、为文，他都占全了，是地地道道的八面来风，令人艳羡。

徐元白从早到晚，真个是忙，日理万机有些夸张，日理"百"机则是常态，且料理得井井有条。偶有闲暇，虽有儿孙、仆役簇拥，一个个噤若寒蝉，恭谦而拘谨，他难受，别人也难受。他想找个"知音"，不在官场也不在商界，是个纯粹的文人，能与他在灯前月下谈文、说画、品茗、抚琴，真懂琴、善抚琴又必须摆在第一位。累了，乏了，他可以听一曲古香古色的琴声，何其快意。

于是，经管家寻觅，又通过有身份的人举荐，郜秋子应邀进了徐府。

郜秋子早就声明：他不是来做工的，也不属于"下九流"中奏乐唱曲的"优人"。他出自名门，自不能有辱家风，而是应邀前来的"客卿"。食宿在府中，每月三十块大洋，是元白先生的酬谢。元白先生什么时候有闲暇了，他会应邀而至，以续古人"兰亭"遗韵。

徐元白不以为怪，倒觉得这郜秋子清高俊逸，不俗！他要的就是这种类型的人。

郜秋子四十刚过，瘦瘦高高，眉眼清秀，只是面色略带浅青。穿一领长衫，虽不新，但干净、平正。他的曾祖父、祖父，做过道台和县令，到了他父亲手上，既不想入仕，也不屑经商，靠吃祖产度日，琴、棋、书、画，都拿得起放得下，动不动就做东弄什么"雅集"，家道也就日见破落，最终贫病而撒手西去。郜秋子读过旧式私塾和新式学堂，又因父亲有琴癖，传下名琴十来张，因生活困顿都陆续变卖了。待徐府盛情邀请他时，手头的最后一张明代古琴"溅玉"，也换了钱给妻子治病吃药。

宅院早没有了，值钱的东西没有了，连视之为"知己"的古琴也没有了。郜秋子的脾气、爱好酷如其父，鄙夷商道，也不肯学一些实用的技艺养家糊口，聊可支应衣食的，无非是为书坊校对书稿，为一些附庸风雅的有钱人代笔字画……但需人家上门恳求，然后予以酬谢。没事时，抚琴自乐。现在琴也没有了，怕荒废琴艺，便一边以手虚弹，一边"唱弦"。所谓"唱弦"，就是按简字谱同时"唱"出指法名称与曲调。

郜秋子的琴弹得很好，会弹许多古曲：《渔舟唱晚》《幽兰》《静观吟》《梅花三弄》《山居吟》……弹得最让人称道的是《平沙落雁》，"吟猱"极见功力。

徐元白是个大忙人，一月之中有三四个晚上，与郜秋子相聚就不错了。或在琴室，或在书房，先是喝茶、闲聊。郜秋子善于评说琴理，他懂得"黄钟尺度"，也懂得"隔八相生"和"三分生一，三分去一"。徐元白听完，总是说："你比老夫知之多，也研之深，佩服！"

尔后，郜秋子抚琴，徐元白耸耳静听。徐元白最喜欢听的，是《平沙落雁》。一曲落音，徐元白必夸说郜秋子弹出了水气、秋味、鸟韵、苇色，吟猱到位，指活息匀！

有一次，郜秋子说："元白先生，恕我直言，可惜贵府没有好琴，琴材似乎一般。"

"哈哈。秋子先生，都是梧桐木所制，琴虽不古，还过得去吧？古人说：'夫是琴之材，桐之为也。'七弦琴还有别的材质？"

"当然有，比如上年岁且干透了的楠木。"

"我找不到呵，憾矣。"

"还有，元白先生后花园虽大，却少一座轩敞、巍峨的琴亭，夏、秋之夜，星月齐辉，于亭中听琴则别有风味。"

徐元白听了，连连点头，说："这不难，建一座就是。你若访得古琴、好琴材，请一示。"

"行。行。"

再建一座亭子，对于徐府来说，不过是小事一桩。

图纸画好了，材料运来了，工役也聚拢了。镐、锹交响，先是开挖深深的基脚。地点选在后花园西北角，后有石头垒砌的假山，两边是十几株古本桂花树，前边呢，是一个小巧玲珑的荷花池。

郜秋子白天照例无事，为他安排的一住室一书房，也在后花园的一栋小楼中。他可以读书、吟诗、写字、画画、抚琴，没人去管他。他听着隐隐传来的镐锹声和工役的说笑声，总有一种莫名的惆怅涌上心头，想起儿时郜府的气象，想起眼下沦为"客卿"的情状，便有了诗思，飞快地吟出一首七律《忆秋到郜府》："天道炎凉未可求，时阴时雨乍知秋。添衣雅集诗初润，泼墨柔宣意正稠。枫叶西山红似血，画船南浦月如钩。如今沦落长安市，琴酒堪消万古愁。"

眼下是夏天，他吟的是郜府多少年前秋天的雅事，至今刻骨铭心。

实在闲腻了，他便背着手，悠悠然到建造亭子的地方去逛巡。工役们渐渐地和他混熟了。

郜秋子在堆积的废土中，忽然发现了一副破散的棺木，漆色尽去，表面很厚的一层早已枯朽，"滋浆"也就没有了，只剩了木心。他的心猛地一跳：这是金丝楠木！

第二天下午，郜秋子正和工役们胡聊海侃时，来了一个拉着一辆平板架子车的中年人。

他说："这些朽烂的棺材木头，让我拉走吧，可以烧火煮饭哩。"

郜秋子转过脸，说："拉走也好，看着晦气，你们说呢？"

所有的工役都点头。

于是，这些烂木头被拉走了。

郜秋子掏出一盒香烟，给每个人都递了一支，然后说："亭子建好后，我弹琴给大家听。"

"好呀——"

……

有一夜，郜秋子对徐元白说："省城长沙有一位我的琴友，忽然得到几根上等的楠木琴材，做一张琴绰绰有余，开价二百光洋，不知元白先生要否？"

"要，只要是上等琴材！"

"那我就让他们送来，你也看看？"

"你看就行了，我没工夫。看好了，让管家付钱就是。"

"有了琴材，再请城里的一家鸣龙琴铺造琴，工钱也是二百光洋。"

"行。你去办就是，只是辛苦先生了。"

"亭子到仲秋落成，琴也可以做好，届时我在亭子里为元白先生抚琴，如何？"

"新亭、新琴，郜先生正好一展身手。"

从初夏至仲秋，经过三个多月的日夜兴建，后花园的亭子巍然而立，八角，歇山顶，碧琉璃瓦，红檐，红柱，红栏，青石铺的台面。秋风飒飒，亭子两侧的桂花树上，缀着金黄的桂花，香气撩人。亭子前面的荷池里，绿肥红鲜。

亭额上悬一块黑底金字横匾，是徐元白手书的三个端庄朴茂的隶字：秋鸿亭。"秋鸿"是古琴曲名。

楹柱上的对联，徐元白执意请郜秋子自拟自书。郜秋子便用古拙的汉简写出：平沙落雁湘江怨，高山流水文王操。

徐元白说："亭名是古琴曲名，你的对联中，《平沙落雁》《湘江怨》《高山流水》《文王操》也是古琴曲名，这叫'珠联璧合'！"

郜秋子仰天大笑："元白先生是道中人！"

一日，徐元白忽然收到从长沙寄来的一封信。大意是：贵园中建亭，发现了古楠木棺材，剜去外层所剩下的木心，是造琴之佳材。承让一份予我，甚为铭感。二百大洋请郜先生带来，不能说是偿付材价，权当作犒劳工役之用……

徐元白是聪明人，读完信，什么都明白了。这一副出自园中的楠木棺材，郜秋子弄了出去，修整一番，变成了琴材，假托名义，卖了两家！但他什么也没有说，不就是几个小钱吗？只是心里有些不舒服。这郜秋子呀，可怜、可恼，文人怎么是这个德行！

日子一天一天地打飞脚过去。秋风紧了，冷了，眼看冬天就要来了。

徐元白一直没有邀约郜秋子聚会，在秋鸿亭抚琴、听琴的事他也矢口再不提及。

偶尔碰面，徐元白依旧笑容可掬，说："秋子先生，好久不见了，想煞老夫了。"

"元白先生，近来可忙？"底下的话郜秋子没有说出来：什么时候让我抚琴？

"忙呵，忙呵，俗事缠身。"

徐元白边答话，边急急走开。

郜秋子望着他的背影，很惆怅，轻轻地叹了口气。

有一天，管家来禀告徐元白："郜秋子先生让我代为辞行，说家中事繁，他必须走了。"

"他不再来了？"

"嗯。"

"那……也好。你替我另外物色一个会弹琴的人吧。"

"好。"

炸三角

北兴京剧团从燕赵之地，应邀来到湖南古城湘潭，第一晚的戏码是《连环套》。担纲主演的是四十岁出头的名花脸钟离宏，他扮演的绿林好汉窦尔敦，体量高大，勾脸漂亮，做功、唱功无懈可击。特别是他的唱腔，"堂音"既清亮，又厚实，鼻音用得恰到好处。看戏的几乎都疯了，叫好声此起彼伏。待全剧结束，演员不得不谢幕了三次。

在后台卸妆时，钟离宏兴奋得大叫了三声"哇呀呀"，然后说："今晚，我请大伙儿吃炸三角。"

有人说："不是公家有夜宵款待吗？"

"今晚大伙儿卖力气了，我这当团长的理应请客！出剧院不远，有家北方人开的店子，那里的炸三角我尝过，绝！"

北兴京剧团是昨天下午来到湘潭的。

今早，钟离宏不想在宾馆用早餐，他想找点儿什么小吃尝尝。按程序，上午九点去平政路的田汉大剧院走台，熟悉一下环境，今晚得粉墨登场。宾馆离平政路并不远，消消停停，遛遛腿就到了。猛地一抬眼，"北地炸三角店"的招牌劈面而来，随即便闻到诱人的香味。在北京演出时，他去过"都一处"老牌名店，那里的炸三角让他流连忘返。馅用鲜瘦肉末拌上高汤，凝成冻后切成小块，叫"卤馅"；用干面皮包上馅捏成三角状，入油煎熟，馅受热而变软。用嘴一咬，一股浓汁冲出，美味纷沓而来，妙不可言。

钟离宏兴致勃勃地走进小店。

店堂宽敞、干净，摆着六张桌子。墙上挂着几幅装框的花鸟写意画，笔墨功夫都还过得去，有一股雅气。但这里顾客稀少，竟然只有三四个人。

听见脚步声，从后堂走出一个五十来岁的中年人，光头、阔脸、浓眉、大眼，挺精神的样子。

"客人，请坐！"

"我是闻香而来，请来一盘炸三角。是十只一盘吗？"

"是。"

"听口音，老板应是从北地而来？请问尊姓大名。"

"敝人叫呼延远，做炸三角是家传的手艺。儿子、儿媳大学毕业到这里来工作，我和老伴也就跟来了，小店才开张个把月。"

"恕我直言，人气不太旺呵。"

"是。古城人还不熟悉这种小吃。听口音，先生也应是从北方来？你的口音还有道白的韵味，大概是个角儿。"

钟离宏笑着点点头，然后说："凭老板的这股精明劲，炸三角差不到哪里去，请快点儿上！"

"好咧——"

不一会儿，一盘炸三角便端上了桌子。

炸三角捏得棱角分明，有型；炸得火候正好，油黄泛亮，有色。钟离宏用筷子夹起来一咬，芬芳满嘴，有馅味、汤香。再细品，瘦肉末又鲜又嫩，还加了香菇末、香菜末、姜末、蒜末；汤是排骨文火熬制的，又稠又香，但不腻。

吃完一个炸三角，钟离宏蓦地站起来，以手指扣桌，字正腔圆地用京白喊了一声："哇呀呀，绝品、妙品、上品呀！"

呼延远站在一边听着，突然也喊了一句："您应是名净钟离老板，我有不少您的光碟，常听哩，小店今天真是有幸了！"

"想不到他乡遇知音，而且我们都是复姓，有缘啊。呼延老板，我请你帮个忙，今晚演出后，我领着全团人马到贵店吃炸三角，麻烦您好好准备一下，好吗？"

"这是您的抬举，我们一定效劳！"

……

卸完妆，清理好后台，京剧团浩浩荡荡几十号人，来到了北地炸三角店。

店子大门上方居然挂起了一排红灯笼，里面安上了电灯，红晕柔柔地焕发开去。一个灯笼上写着一个很端庄的楷书金字，连着念是一句话：欢迎梨园名角品尝炸三角。

钟离宏记起来了，白天看店里的国画时，落款是"呼延卓"，那应是呼延远的儿子。这小两口准是搞美术行当的，灯笼和字也应出自他们的构想，只有青年人才张罗得出这种欢迎的场面。

店堂里依旧是六张桌子，但店门外的人行道上，还特意加了六张桌子，"六六大顺"，吉利呵。

大家热热闹闹地入了席。

许多在剧场搞报道的新闻记者也来了，照相机、摄像机在桌子与桌子之间游走。

呼延远特意把钟离宏领到厅堂里最前面的一张桌子边坐下。

呼延远和老伴，还有他前来帮忙的儿子、儿媳，把一盘盘的炸三角摆上了桌子，还特意备上了啤酒、香茶。

店里店外，香气馥郁。

在筷、碟和品嚼声中，叫好声时或响起，如同剧院里观众看到精彩处的激情洋溢。

记者们忙着拍照、摄像、采访。

钟离宏吃得高兴了，突然站起来，说："我们今晚首场演出成功，首先要感谢古城观众的捧场。演出结束后，还要感谢呼延老板精美的炸三角，让我们一饱口福，它不但有纯正的北方品位，还兼容了本地的饮食风味，好得很呵。为了表达我们对呼延老板的谢意，我即兴为他清唱一段。"

掌声响得哗哗啦啦。

"将酒宴摆至在聚义厅上，我与同众贤弟叙一叙衷肠……"是《连环套》中窦尔敦的名段。

"好！好！"

"好！好！"

子夜了。

钟离宏掏出票夹付完款，居然说："呼延老板一家辛苦了，我给你家另付小费一千元！"

呼延远说："这……小费比食费还多了两倍，不行，不行。"

"您不收，就是看不起我们了。明晚我们还来！"

当钟离宏领着剧团的人走后，所有的桌子又呼啦啦坐满了。

这样的好玩意，名角都称赞不已，古城人能不尝尝吗？

顶上功夫

　　孟老大今年六十有五，从国营的理发店退休颐养天年已经五度春秋。他人长得高高大大，说话精气神灌得足足的，就是咳一声嗽也有很重的回音。这五年的退休生活，他快活得像神仙一样，早晨天不亮就走出巷尾，到雨湖公园去遛腿，和一些老班子聊天；白天呢，打打扑克，搓搓麻将；晚上到茶馆去，喝一壶好茶，听听苍老得不能再苍老的湘潭评弹；然后，回去睡觉。

　　他家住在古桑巷的十号，是一个独门小院。进门是一个天井，天井里搁着几盆生得很贱的花；穿过天井，是一个厅堂，左右两间房，一间是他和老伴的，另一间呢，是专为星期六、星期天儿子、儿媳和孙伢子回来住的。

　　儿子、儿媳在税务局工作，戴着大盖帽，神气得不得了，吃的是"皇粮"，还有奖金。老两口有退休钱，儿子、儿媳还要孝顺一份钱，孟老大还愁什么，整天脸上笑眯眯的。一条巷子的人都说孟老大福气好，这样下去，活个百把岁是没有什么阻碍的。

孟老大突然发起愁来，愁的不是自家的事，而是别人家的事。到公园遛腿也好，在茶馆聊天也好，街头巷口碰个人寒暄几句也好，总听见"特困企业"几个字跳来蹦去。孟老大一向不探别人的闲事，听得多了，心里也就有了印象，什么停产、息工、下岗、破产……好多新名词像苍蝇一样围着他飞。再一细究，这条平政街，这条古桑巷，每月只拿点生活补助费的人家还不少，多的每月二三百元，少的呢，一两百元，这日子还怎么过？吃饭、穿衣，细伢子上学，这几个钱够几下子掰？有些人理个发都发愁了，理发店剃一个头就是四五元，好几斤米钱哟。孟老大想想别人，看看自己，心里莫名其妙地有了愧意，他和老伴一月退休金加起来有两千多块，儿子还要孝顺几百块钱，吃不完用不完。人家也是人，只是运气不好，碰上个特困企业，唉。孟老大不由得长吁短叹起来，一张脸也很难得见个笑星子，整天腻腻的，好像得了病。

孟老大觉得应该要为街坊邻居做一点事，尽一份心，别的本领没有，理发总是可以的。置办个剃头担子，往巷口街头一放，写一个纸牌子：专为特困职工理发，一个钱也不收。再一想，街坊邻居的秉性他清楚，若是一个钱不收，人家觉得领情太多，就不会来了。对，五角钱剃一个头，收点煤水费，手艺呢，白送！

到了星期天，他把这个想法，对全家人一说，都愣住了。

孟老大一股气冲到了喉咙口，一拍桌子，说："你们就当我是锻炼身体，要不，我会愁出一身病来的。做好事，这不丢人！"

老伴忙说："是怕你累坏了身子。"

儿子、儿媳说："我爹有这样高的思想境界，我们哪能反对。剃头担子的钱，由我们出，牌子由我们来写，爹，你说好不好？"

孟老大哈哈笑起来。

择一个晴光吉日，孟老大挑着剃头担子出门，走出巷口，在平政街一家茶馆门口摆下担子，把纸牌子往墙边一靠，从口袋里掏出一挂鞭炮点燃了，乒乒乓乓地响得很热闹。

要理发的人排成了队。

孟老大对站在前头的一个小青年说："满伢子，你走开些，你们那个厂不属特困，你到理发店去理。"

满伢子一脸通红地走开去。

孟老大退休前是个高级理发师，剃、剪、修、刮、烫、洗样样都有绝活，还会美容，很多人都慕名而至。那时候，孟老大常自矜地说："我这是顶上功夫！"头顶上操作，当然是"顶上功夫"，还可理解为"顶好的功夫"。他更有一手绝招，是旧社会跟师傅学的：端歪脖子。有些人睡觉睡歪了脖子，他有一整套方法正过来，可以说是立竿见影。先是双掌轻"砍"两肩，再用空心拳密捶背脊。前一招叫"梅花出枝"，后一招叫"金山击鼓"。再用双手端着脑袋，轻摇慢晃，叫"水荡轻舟"。接着在你不注意时，猛地向右一扭，骨节咔啦啦一片响，复而再向左一扭，骨节又是一片脆响。

孟老大说："行了。"

歪了脖子的人，把个头左摇右转，不痛了，神！

但在理发店时，这一招却不让用，领导说："让他们上医院去，这里只理发。"

孟老大怅怅然，只好停止使用，服从领导么。

现在，他可以独立自主了，除了理发，他还为人端歪脖子，把个头剃得清清爽爽，这才叫手艺。

理过发的人，递上五毛钱，说："孟老大，不好意思，得罪得罪。"

孟老大说："说哪里话，我一是没有荒废手艺，二是和大家聊天逗乐子，我还要谢谢你们呢。"

中午，老伴把饭送到街上来，孟老大坐在剃头担子上匆匆扒几口，又开始动刀动剪。一直到天黑下来了，他才挑起担子回家去。

回到家里，孟老大才感到实在是累狠了，一身酸痛酸痛的，连说话的力气也没有了。

好饭好菜，还有一瓶好酒。

"婆婆子，你晓得我今天剃了好多个头？"

"十个。"

"不对。"

"十五个。"

"错了。十八个！想起年轻时，师傅教我的一副对联：问天下头颅几许？看老夫刀法如何！心里几多快活。"

"不过，你莫累狠了。"

"累什么？人家几多高兴，一个头五角钱，省下的钱可以买米买菜，你说是不是？"

"那倒也是的。"

吃过饭，孟老大没有去坐茶馆，他往床上一倒，很快就扯起鼾来。

孟老大的剃头担子，名气越来越大了，别街别巷的人都到这里来理发，怕孟老大不相信，都特意带着市政府发的"特困职工证"。

孟老大叹了口气："这怎么得了，特困职工这样多，政府要想办法啊。"

有一天午后，孟老大正好逮住一个空闲时间，忙坐下来，吸一根烟。

忽然，有一个中年人走到面前来，穿着很朴素的夹克衫，笑容满面地问："您是孟师傅吗？"

"我就是。"

"我想请您理个发，好吗？"

"好。请坐。"

来的人孟老大不认识，也没有出示什么"特困证"，孟老大也没有问什么。

孟老大把他的领子反卷进去，又给他扎上围布，操起推剪，认认真真地理起发来。

"孟师傅，我虽然是第一次来理发，但早闻您的大名了。"

"是吗？一个理发的，有什么大名啊。"

"您这是为党分忧，为民解难。"

"哪里哪里。大问题还要靠政府解决，您说是不是？也不晓得这些当官的，想没想这些问题？"

"肯定在想，只是还没想出什么更好的办法来。"

正在这时，一个端着照相机的青年人走过来，准备照相。背景是那块纸牌子，上有"专为特困职工理发"几个字。

孟老大往镜头前一站，吼道："照什么？照什么？这里又不是照相馆。凑什么热闹？！"

青年人矜持地说："你晓得坐在凳子上的是哪个？是新来的副市长，他来了解情况，关心老百姓的疾苦，这张照片明天要见报的。"

孟老大突然来了火，说："来理个发，就是关心老百姓的疾苦？为的还不是照了这张相，好登在报纸上哄老百姓！"

青年人说："我不是记者，你不要乱说。"

"乱说？你们实事不做，光做表面文章，老百姓意见起了堆，你们晓得不？"

孟老大转过身，解下副市长脖子上的那块围布，把领子重新复原，说："市长，对不起，我这里只为特困职工理发。"

副市长站起来，什么话也没有说，走了。

孟老大每天照样挑担子上街。

有一天，一个交警走过来，说："剃头的，这里不能随便设摊放担子，影响交通。"

孟老大说："我放在人行道的里边，影响什么交通？"

"影响行人过来过去。走吧，不许摆！"

孟老大一甩手，挑起担子就走。他想：那个副市长不应该这样小肚鸡肠，容不得一个老百姓讲几句话。或许市长压根不知道，那个年轻人说他不是记者，可能是秘书，他如果当了官，肯定是不会为老百姓想事的。

孟老大的剃头担子，街上没有什么地方可以摆得下了，做好事都这样难。

老伴说："你别急。你可以贴一个告示到街上去，说要剃头的请到古桑巷十号来，孟老大热诚迎候。"

孟老大点点头，眼里却涌满了泪水。

路　考

　　祖武因公因私到武汉以外的地方去，喜欢坐高铁，又快又稳当。坐高铁又绝不买一等座，二等座就蛮好，不就是个匆匆过客吗？如果是他一个人可以去办的事，他决不让人陪同。

　　可这次不由他选择，他只是个客人，邀请方是长沙的潇湘舞剧院。对方说以他的地位和名声，应该坐一等座；说他年届花甲，右腿又有旧伤，必须由办公室的小青年陪护。东道主在网上把来去的高铁一等座票都订好了，而且是双份。

　　祖武对办公室的小杨说："这次要辛苦你了。其实我身体挺不错的。"

　　小杨说："好汉不提当年勇。祖老，就给我一个当随从的机会吧。"

　　祖武现在是长江艺术学院舞蹈系的主任。他曾是科班出身的舞蹈演员，主攻古典舞蹈。在大型舞剧里领舞，还自编自导自演了不少独舞节目，如《醉打山门》中的鲁智深，《苏武牧羊》中的苏武，在全国的舞蹈大赛中得过金奖。他太痴爱舞蹈事业了，不但读书勤，练功也勤，在翻腾闪挪中身体上留下许多伤痛。他表演鲁智深醉酒后的种种醉态，身体语言的惟妙惟肖，令人称绝。他曾为一个腾空跃起并旋转的高难度动作致使右腿骨折，可他一直坚持到落下幕布，然后被同事紧急送往伤科医院。四十岁后，他专意于舞蹈教学，培养出不少新秀。

潇湘舞剧院成立伊始，面向全国招聘年轻的男女舞蹈演员十名，经过多次筛选，已到终评阶段。因老朋友、现任院长之邀，祖武被聘为终评总监。总监无须坐在评委席上，他可以坐在考场的任何地方，监看考生的应试，也监督评委的打分。他叮嘱小杨，旅途不要谈论去监考的事，他们不过是两个普通的旅客。

眼下正是暮春的黄昏，寒雨纷飞，冷气森森。

祖武穿着薄棉袄，头戴绒线老人帽，手提一个小布袋，里面放着三条准备送给朋友的黄鹤楼香烟。

他们站在站台上标明"一车厢"的黄线后边。坐一等座的人居然还不少。

小杨说："这个袋子也让我提着吧。"

祖武摇摇头，说："这东西轻。你已经给我提着行李箱了，压手哩。"

这趟车是从郑州开往长沙的，武汉虽是大站，也只停车五分钟。

列车进站停稳后，车门开了。祖武和小杨随着队伍，急急地进入已亮起灯的车厢。

祖武的座号是 D5，小杨的座号是 C5，中间隔着过道。小杨把祖武的行李放在自己座位这边的行李架上。祖武也举起那个装香烟的小袋子，往座位上边的行李架上放去。就在这时候，列车开动了，还没放稳的小袋子，从祖武的手上忽地脱开，掉下来，再从前排一个旅客的右肩边擦过，落到地上。

祖武赶忙走上前，说："对不起，对不起，让你受惊了。"

一个蓄长发的二十岁出头的小女孩抬起头来，眼一横，说："你怎么搞的？这么重的东西砸下来，砸得我右手都麻了。"

祖武说："只是三条香烟。对不起，对不起！"边说边拾起小袋子让小女孩看。

小女孩脸一别，站起来，快步离开了座位，朝一车厢前面走去。

小杨伸手接过小袋子，放到行李架上去，说："一个老人说了这么多'对不起'，她理也不理，还要怎么样？"

祖武摆摆手，示意小杨不要多说话，然后，坐到自己的座位上去。

列车跑得风驰电掣。

过了好一阵，那个小女孩没回到自己的座位上来。列车长和本车厢的列车员，突然出现在祖武面前。

"老同志，我是列车长刘杰，刚才你放东西，是不是掉下来砸在前排旅客的右肩上？"

祖武说："是的。我已经道歉了。"

"她说她的右手发麻，很疼，可能骨折了，因为右手对于她非常重要，担心影响她未来的事业，请你去协商一下，好吗？"

祖武说："我去。"心里想：一等座的车厢，怎么会有这样的人物？几条香烟落下来擦肩而过，会导致骨折吗？

小杨站起来，大声说："我是老人的陪护人，他上年纪了，耳朵不好，我去谈。"

小杨跟着列车长走了。

列车员也是个小女孩，温和地说："老人家，我是小张。我能问问情况、看看小袋子吗？"

祖武说："可以。给你们添麻烦了。"

小张向祖武细问了当时的情况，又打开小袋子看了看，再掂了掂整个袋子的重量。接着，又向周围几个目击者进行咨询。

"列车员同志，人在旅途，难免发生这样的小事。几条香烟会砸伤人，这不是'碰瓷'吗？"

"年纪小，就这么刁钻古怪，让人生厌。"

列车到了赤壁站。

小杨满脸愤懑地回到车厢。

"祖老，谈了这么久，她不肯谅解。列车长说派车上医务人员给她验伤，或涂擦止痛膏，她坚决不同意。她坚持要由当事人、受伤人及调解人——列车长，共同签订一个调解书，说明小行李袋砸伤了她的右臂，她于明日去医院检查、诊断、用药，所有费用由当事人负责。"

祖武说："这小女孩太精明了。我作为一个有儿有女的老人，也不安呵，我同意。"

"当事人一栏由我去签字吧，并留下我的手机号码、身份证号码。祖老的名字不能留在这份调解书上，让人憋屈。"

"好吧。"

车过岳阳站后，小杨把三方签了字的调解书复印件拿回来，交给了祖武。祖武戴上老花眼镜看了看，知道这个小女孩叫汪小秀，到达站也是长沙。他折好调解书，小心地放入内衣的口袋里。

汪小秀过一会儿也回来了，她从行李架上取下一个大旅行包。祖武一直盯着她的右手，没有任何不正常的地方。汪小秀大概是怕人议论，提着大旅行包，昂着头朝后面的二号车厢走去。

列车快到长沙时，列车长刘杰又来到祖武面前，不好意思地说："老人家，我还得麻烦你一下，汪小秀说调解书上当事人一栏，签的是你的陪护人的名字，她要求我看一看你的身份证，用手机拍个照发给她，再问问你的手机号码，将来好直接和你通话。"

祖武说："这一点问题也没有。"

"谢谢。"

......

　　长沙潇湘舞剧院招聘舞蹈演员的终评，进行了三天。作为终评总监的祖武，一直坐在一个不起眼的地方。往日的排练场成了考场，开着空调，很暖和。祖武进场前，摘掉了老人帽，露出没几根头发的脑袋；脱下薄棉袄，换上了薄呢中长外套；鼻梁上，特意架了一副茶色眼镜。在考场，他看得很认真，听得很仔细。令他惊诧的是，那个同车厢的汪小秀，竟是此中的一个考生，简历上写着她是河南一个县歌舞团的舞蹈演员。汪小秀基本功不错，临场发挥也好，人还长得有模有样。前九名依分数多少排出，汪小秀与另一个分数相等，并列第十名。

　　在院领导、评委和总监参加的会上，为两个并列十名的考生谁上谁下，争得面红耳赤，最终由总监祖武来拍板。

　　祖武平静地讲述了列车上发生的这件事，然后掏出调解书让大家一一过目。其中有一条说："受伤人如果在专业上因右手伤残，当事人应承担全部赔偿责任。"

　　祖武说："她表演考试规定的内容时，你们看出她右手有问题吗？"

　　一个评委说："当然没有。如果有问题，她也不可能从四十名考生中进入终评。"

　　祖武说："我在列车上目睹她的表演，可谓之路考。她的素养就这个样子，小市民的精明与刁滑，都学到骨了，她能和同事们和睦相处吗？难！"

大家一致同意把汪小秀拉下来。

有人问："万一她恼羞成怒，用调解书上的条款，来找祖老的麻烦呢？"

祖武冷冷一笑，说："在座的都看了她表演的舞蹈，右手伤残了吗？一旦诉诸法律，各位都是证人。何况，她其意不在要找我赔偿什么钱，她坐一等座来应考，就说明她家境不错。她的刁滑，可想见她与周围的人不可能很宽容地相处。她之所以借这件事发飙，并一定要签署调解书，是自命不凡，为了争一个面子，万一落榜，她回去后可以体面地说出缘由，并有纸写笔载的证据。这么年轻，就有这么多的心眼，这叫'聪明反被聪明误'！"

有人说："祖老，你回去时，假如和汪小秀同坐一趟车一个车厢呢？"

祖武说："作为长辈，如果她愿意，我一定会和她好好谈一谈，她要走的路还长哩。"

归隐录

一个人辛辛苦苦工作几十载，鬓微霜，眼渐花，到了花甲终于可以退休归隐，去含饴弄孙了，但那份对单位对专业对同事的眷恋之情，却又会变得更加稠酽。正如宋词中的名句所状：去也终须去，住也如何住。

湘楚市博物馆的古籍修复师沈君默，满六十岁这一天，一上班就拿着退休申请报告，急步走向馆长刘政和的办公室，似乎在这里一刻也不想停驻了，真是咄咄怪事。

沈君默个子不高，微胖，慈眉善目，满脸是笑，远看近看都像一尊佛。他不留胡须，下巴总是泛着青光，也不留头发，一年四季都是光头。他说搞古籍修复，图的是一个干净，以免工作时为掉落的一根两根须发分神。这辈子他修复过多少珍本、善本？数不清。无论古籍损坏到什么程度，他都能令其起死回生。

沈君默的爷爷、父亲都是干这个行当的，他是从十八岁一直干到六十岁，整整四十二年。儿子沈小默从大学的历史系本科毕业后，特招进馆跟着他拜师学艺，一眨眼也三十出头了。

沈君默有孙子，刚刚四岁。有人问："你孙子长大了干什么？"

"还能干什么？干祖传的手艺。"

修复一本破损的古籍，就有十几道工序：拆解、编号、整理、补书、拆页、剪页、喷水、压平、捶书、装订……不光是补虫眼、溜口（补书口），这很容易。难的是把经水浸后整本书页粘在一起的古籍，如"旋风装""蝴蝶装"等，经过特殊工艺处理，逐页分离修复，而且要修旧如旧，非高手不可为。

沈君默来到长廊尽头的馆长室门前，正要举手叩门，门却忽地敞开，走出笑吟吟的刘政和。"沈先生，我在等着你哩，请进！托朋友从杭州买来的龙井茶，已经给你沏上了。"

"谢谢。"

刘政和原供职于历史研究所，调到博物馆来不到三个月。为人谦和，腹笥丰盈，而且不徇私情，全馆上下对他印象颇佳。前任馆长章扬升迁为文化局副局长，在刘政和上任几天后，忽然来馆里检查工作，顺带提出要借走库存的古籍《归隐录》回家去研究。刘政和立马回绝，说："章局长，这是不行的，你可以到这里来读，但古本书是严禁外借的。你是这里出去的，应该知道这个规矩，请海涵。"章扬哈哈一笑，说："我是想试试你，果然坚持原则。"

沈君默和刘政和，在一个古拙的茶几边坐下来，玻璃杯里的龙井茶飘出清雅的香气。

"沈先生，请尝尝。"

"好。嗯，不错，是正宗的龙井村那块地方的货色。"

"沈先生，我知道你口袋里肯定揣着退休的申请报告。可你不能走啊，我想延聘你一段日子。"

"唉，人老了，眼花了，干不动了。再说，馆里有我的学生、我的儿子，在修复古籍上可以独立操作了。"

"恕我直言，他们比你还差点儿火候。馆里有一大册本地前代名人写的《归隐录》，年代久远，水浸、虫蛀，不但粘连在一起，还破损厉害，你不想修复？"

沈君默摇摇头，叹了口气，说："不……想，想也是白想。"

刘政和解开中山装的领扣，喉结上下蠕动，目光变得锐利，大声说："我调查过，你曾向章扬提出申请要修复这本古籍，他说这书没什么价值，不批准。还说，库里要修复的古籍多着哩，你为什么要单挑这本？你怎么回答？"

"我不能说。"

"我现在来替你说。我在历史研究所厮混多年，读过不少书，尤其是有关乡邦历史的书。《归隐录》的作者，叫章道遵，字守真，清道光朝的吏部官员。官方史书上称他为能臣、廉吏，风头很健，五十四岁时，皇帝忽然下诏，允其多病之身告老还乡。他回乡后，意气消沉，关门谢客，写了这本《归隐录》，没有付梓刻印，只是聘人手抄了十本，故传世稀少。他是六十岁时辞世的。"

"对。"

"但在当时的野史中，也有人说到他任吏部要职时，暗中收贿，在老家置办田产、房产。但没有佐证的史料，他的形象依旧光彩照人。因章道遵是个真正的读书人，敬儒知耻，我揣测是不是《归隐录》中，有关于这方面的文字。"

"当然有！"沈君默霍地站起来，大声说。

"你读过这本书？"

"我家有《归隐录》的半本残页，是我爷爷收藏的，中间有数则写他忏悔平生有过的不洁言行，以及皇上对他的宽宥，让他体面地回乡养老。"

刘政和喝一大口茶，拍了拍脑门，说："我明白了，为什么章扬不让你修复此书，为什么我任职之初他要借此书回家研究。他虽未读过此书，但害怕书中有什么不利先祖的文字。因为，章道遵是章扬的先祖，章扬曾写过文章力赞先祖的德行。"

"刘馆长，章扬的为尊者讳，可笑。他的先祖却敢自揭其短，倒是令人钦佩。"

刘政和嘴角泛起一丝冷笑，缓缓地说："恕我直言，你也把我小看了。我想延聘你修复《归隐录》，你愿意吗？"

沈君默低头不语。

"你在想，博物馆隶属于文化局，章扬是分管我的领导，我定然不敢同意，是不是？"

"是。"

"还原历史的真相，是我们的责任。文天祥《正气歌》说：'在齐太史简，在晋董狐笔。'这个节操，我还是有的，有什么可怕的。你有什么条件，请讲。"

"我没什么条件。我到退休年纪了，请批准；延聘多长时间，由你定。我照常上班，每月拿退休工资，不拿任何补贴。"

"我都依你。来，让我们以茶当酒，碰个杯，祝诸事顺吉！"

"好！我自个儿的归隐录，今天就是开篇第一章。"

……

半年过去了，《归隐录》已精心修复，又影印一百部准备分赠本市的档案局、历史研究所、图书馆及本省、外省的有关部门。为此，博物馆举行了隆重的新闻发布会，所请贵宾手中的请柬，都是刘政和用漂亮的小楷所书。

贵宾中只有章扬没有到场。

忘机石

他姓望，名岳。《湘城日报》农村新闻部记者，已届不惑之年。

百家姓里没有这个姓，但流传至今的一万多个中华姓氏中却有"望"氏一脉。人们都以为"望岳"是他的笔名，因为杜甫的一首诗就叫《望岳》，他斩钉截铁地说："不是笔名，是正名！"

他十八年前从大学新闻系毕业，考试合格进了湘城日报社。因为他是农家子弟，因为他长得粗黑壮实，便被安排在农村新闻部。月月圆满完成任务，年年评为先进，领导殷勤表扬，可有一条，除职称是主任记者外，职务却不升不降，在科员位置上雷打不动。一个月前，报社各部门负责人大面积调整，同事都认为这回该轮到他了，可最终还是名落孙山。

他感到憋屈，憋屈得胸口又闷又痛，吸气、吐气都不顺畅，好像有块硬硬的东西堵着，用手一摸，又什么也没有。于是，轮番到大小医院去照片、问诊、开药吃，费钱费力，憋屈照样憋屈。他不想待在办公室里，装着笑脸听人家的安慰，那比死还难受。于是，他频繁地下乡，开自家的小车，用公家补贴的油费，去寻找新闻线索，去写各种消息、通讯，沾地气的稿子频频刊发。领导在大会、小会上称赞他不计个人得失，任劳任怨，是堪为表率的好记者。

这是个初夏的上午，黄梅雨下得细细密密。望岳在郊外的养家村，采访完村主任帮扶贫困户致富的事迹后，问道："养主任，听说贵村有个名老中医养浩然，医术到底怎么样啊？"

养主任说："你应该宣传宣传他，不但医术高，而且人品好。你想想，他是省城中医院的大腕，干到六十五岁退休，半年前回到出生地养家村，义务为农民看病、施药，分文不取。吃住在我家里，还一定要交伙食费、住宿费。活菩萨啊！你有疑难杂症？"

"嗯。请你引路，我要去拜访养老。"

"这有何难。"

小诊所是村里的一间小杂屋，正中摆一个医案，挨墙立几个中药柜，简陋得让人吃惊。慈眉善目的养浩然，正轮着为几个老叟、妇女把脉、开方子。

养主任领着望岳走上前，笑着说："养老，这是《湘城日报》

的大记者望岳，他工作忙，能不能先给他看病？"

养浩然好像没听见，专心专意为患者望、闻、问、切，直到患者陆续离开诊所，他才说："对不起，我眼中只有病人，这叫'万法平等'。望记者，现在轮到你了。"

望岳说："养老之言，最合我心意。冒昧相问，养老的姓名可来自古圣贤一语'吾善养浩然之气'？"

养浩然说："正是。你姓望，这个姓源自朔北的望天城，有两千多年的历史了。'望岳'是杜甫的诗篇名，尊父顺手拈来，可见对唐诗很熟悉，是希望你'会当凌绝顶，一览众山小'。"

"对、对、对。"

"你脸色不好呵，目光亦飘移，日多思、夜多梦吧。且让我来为你诊脉。"

养浩然闭上眼，用手指去感受望岳的脉跳。

"你总是感到胸口窒闷，怀疑生有异物。"

"是的。可医院照片又分明没有，但我不相信！"

养浩然点点头，对养主任说："你去忙吧。这时候没别的病人，我正好和望岳小友聊聊天。"

养主任说："我真还有事。二位记着，十二点来我家午餐。"说完，飞快地走了。

煮茶。斟茶。品茶。一老一少如同旧相识，谈得十分投机。

望岳感受到一种从未有过的轻松。

"望岳小友，我有传世的忘机石，先煎熬一碗汤药让你服下，以后，你每隔三天来一次，保管你心宽体健。"

养浩然从抽屉里拿出一枚缀有天然花纹的青色鹅卵石，放入砂陶药罐，倒入一瓢山泉水，搁在炉火上煎熬。

望岳问："何谓忘机石？"

"机者，尘俗之虑也。忘机石煎水服下，可以清心解滞，去烦忘忧。李白诗云'陶然共忘机'，苏东坡也称'鬓丝禅榻两忘机'，都含有这个意思。"

望岳喝下一碗热热的、无色无味的忘机石水，顿觉身心俱爽。

此后，每隔三天，望岳去一趟小诊所，和养浩然胸胆开张地聊一阵天，再喝下一碗忘机石水。

一个月后，望岳不感到憋屈了，胸口不闷不痛了。他觉得在农村新闻部当一个普通记者，挺好！

望岳说："养老，你以悬壶济世为己任，是真正的忘机石。我要为你写一篇通讯，让世人认识你的高风亮节、精妙医术。"

养浩然摇了摇头，说："我不需要这个，请海涵！另外，我要告诉你，这忘机石是一块普通的鹅卵石，是我突发奇想为它命的名，没人入过药。人生有许多不尽如人意的事，你得学会忘记！我以忘机石煮水作药，不过是借代，是意医，时间和你自身的悟觉才是最好的灵药。"

望岳愣了一下，然后大声说："养老之言，让我刻骨铭心。能把这枚忘机石送给我吗？"

养浩然大声说："溪涧之中，此种石头到处都有，随手可得。这枚石头，我要留着，以备后之患者。"

有　眼

———————

　　百家姓里有这个姓：有。但我们身边，却很少碰到姓这个姓的人。

　　这个姓太古老了，当人类还处在洞穴时代，有人独具眼力，从鸟儿在树上筑窝得到启示，乃在树上构木为巢，成为屋宇建筑的始祖，史称"有巢氏"。于是他的后代，有了两个姓：有和巢。孔子门下的七十二贤人中，又一个叫有若，又称子有。

　　在湘中古城潭州博物馆，就有一位姓有名眼的文物鉴定师。他生于1916年，因家境贫寒，十三岁便到古玩铺当学徒，历练十年后，成为站头柜的角色，鉴赏青铜器、瓷器、杂项、书画，眼光独到，尤以鉴赏书画为人称道。中国历代的书画家六千余人，他们的姓名、字号、简历及艺术特征，有眼可以倒背如流，加上过眼过手的字画原物甚多，"实践出真知"一语用在他身上，可说是实至名归。他原本叫有碾，是当农民的父亲取的。城中一位资深书画家对他说："你看古玩独具只眼，不如叫有眼。老天有眼，赐给你一双好眼。"于是，大家都称他为有眼。新中国成立时，他三十三岁，因出身好、历史清白、业务能力强，被破格调入潭州博物馆，成了一名专司文物鉴定的国家干部。

有眼个子敦实，偏矮，面色有些黑，胡子总是刮得干干净净，一双眼睛则特别亮。凡他鉴定过的文物，在登记册上他都认真地签字、盖章，表示出了什么错他不会推给别人。凡有人向他请教什么疑难问题，他都会详细解说，末了必申明："我说的我负责。"

馆里上上下下几十号人，都很愿意和他亲近。

有眼上班时，眼观手触的都是文物。但业余他绝不收藏文物，也不去文物市场，家里除了他自娱自乐作的字画外，沾文物气息的东西一件也没有。他说："这是规矩，否则就说不清道不明了。"

年届花甲，该退休了。

馆长向实恳请他办了退休后再延聘一段时间。"有老，馆里的文物鉴定室太重要了，你得帮扶一把，借你的神眼，选出一个为头的来，好接你的位。"

"行。只是有个条件，请保密。我怎么选，你们别干预。"

"好。"

文物鉴定室只有三个四十岁上下的人，都是大学文博系毕业生，肯读书肯钻研，为人也谦和。有眼除给他们集体上课外，还会分别领着他们去逛文物市场的小地摊，并买回一些价格低廉但很有文物价值的东西。小地摊是没有发票的，开的是白纸条，上写买了什么东西、多少钱，摊主签字后，再由买主签字，拿到馆里去做账和报销。

一年过去了。

有眼特地请向实去了一个小饭馆的雅间。

向实问："不年不节的，你请什么客？"

"向馆长，老夫该向你交差了。"

"花落谁家？"

"孙诚！"

向实"啊"一声，嘴巴张大了。怎么是孙诚？他木讷少言，脾气却犟，好认个死理。另两位赵超、钱升业务不比孙诚差，为人也随和，怎么会落选？

有眼说："我们先干三杯，你再听我说。"

酒过三巡。

"向馆长，我为什么要分别带他们去地摊买文物？一是考察他们的学识与眼力，二是测试他们的修持与气度。他们在学识和眼力上各有所长，应该是打个平手。但在修持、风度上，就有差异了。赵超看中一件东西，马上要问我好不好，有时我故意说不怎么样，他马上就改口附和我，缺乏一种坚持正确的精神，唯上唯尊呵。钱升看中了一件好东西，摊主出价已很公平，他非得要反复砍价，直到对方勃然生怒，这就太小家子气了，为人缺乏大气象。"

"孙诚难道有别样的表现？"

"正是。举个例子吧，几个星期前的一天，我们在地摊前转，孙诚看中了两样东西：一个清末的鼻烟壶、一幅破烂的本地民国名画家尹和白的梅花图。价格不高，确实是真品。当时我说梅花图就不要了，有点像高仿，可他不肯。我板着脸说只要鼻烟壶，他才勉强同意。过了几天，我去查看登记册和库存，两件东西都在，但登记册上记载，鼻烟壶花了五千元，而梅花图则是摊主所赠。梅花图分明是他掏了钱买的，却没有报账。这说明什么？一是他对自己的眼力很自信，二是为公事不计私利。这一点我十分欣赏，他不能当文物鉴定室的头吗？"

"能！有眼先生，你是真正的识人，我——目光短浅啊。"

向实站起来，把自己杯子里的酒斟满，又说："有老，我得自罚一杯，表示我的愧意。"

有眼仰天大笑，说："我也要陪饮一杯，为了你的从善如流。"

古　玉

　　D市博物馆副馆长闻风，素来阴沉着的脸，忽然转晴了。无论何时何地，见着馆里的任何一个人，他都会主动迎上去，笑眯眯地打招呼，嘘寒问暖，不是亲人胜似亲人。

　　他原是文物局政工科的一个科员，三十五岁时，派到博物馆来任副手，眨眼间就五年了。原想熬上两三年，疏通好各方面关系，"扶正"应该是轻而易举的事。但他想错了，博物馆是个学术气氛很浓的地方，讲究学历、职称、资历和学问，他一个行政干部，面对金石、书画、瓷器、杂项，两眼一抹黑，说不出个子丑寅卯，谁服他的气？何况，馆长白苇秋虽说已是五十好几了，做人做事让人挑不出毛病，且是文物界著名的鉴赏家，著述多种，尤对古玉等杂项独具只眼，指望他退位，还有一段不短的日子。

可白玉也不是绝对无瑕，闻风终于抓着白苇秋的把柄了，他能不转忧为喜！

按历来的规定，凡博物馆工作人员，是禁止去购买和收藏古玩的。因为，他们每天都要接触公家的大量古玩，要做到一尘不染，谈何容易，唯一能证明他们清白的，是家中绝无古玩的痕迹。一向标榜自己从不去古玩市场的白苇秋，在一个冬日的上午，却戴着口罩，围着围巾，身后还跟着一个年轻女人和一条中年汉子，在古玩市场转了一大圈，还买了不少的小玩意。

有一个古玩商，曾到博物馆来问教过白苇秋，他记住了白苇秋右耳垂上的一颗黑痣。因此，当这一行人走出他的店铺时，他给闻风打了个电话，信誓旦旦地说："当然是白馆长，错了我负责！"

闻风嘱咐他不要到处乱说，他得认真做些调查。但有一点，他可以肯定，白苇秋为什么蒙着口罩，心里有鬼嘛，还不是怕人认出来！

这些日子，闻风没有惊动任何人，上班准时来，然后就借故开溜，直奔古玩市场去明察暗访。要扳倒一个人，首重证据，必须有当事人的纸写笔载，在这个方面，他不会心慈手软。

他拥有的证据，越来越清晰了。

白苇秋在一家叫"雅玩斋"的古玩店，买了一个淡红色的"寿"字玉佩，花了三千元。老板说材质是红翡的，白苇秋答："不是。是白玉，淡红的是汗沁、血沁、土沁。"钱是那个中年汉子掏的，玉佩却由那个年轻女人收进了小挎包。

在"崇古阁"，白苇秋看中了一只青玉手镯。老板说那玉中含着几滴水，摇起来还动，很多顾客都说这镯子是玉石合成材料做的，要不怎么会有水在里面？所以开价才两千元。"那个戴口罩的人很大方，没有还价，很爽快地买走了。"

在"求古居"，白苇秋买走了一个晚清时的紫檀雕花笔筒。

在"采珍馆"，白苇秋买走了两只古旧的铜马镫。

……

至于那个女人是谁，闻风一直没法调查清楚。但可以猜测，那准不是个什么正经东西，而且和白苇秋关系暧昧，要不这些贵重的古玩，怎么由她收着？中年汉子也不知是个什么出处，应该是白苇秋的"跟班"兼"财务大臣"，土不拉叽的样子，却是靠得住的。

闻风的调查，做得相当细致，也相当保密。证据更是一环扣一环，严丝合缝。他以博物馆负责人的身份，先听当事人叙说，一边听一边记录下来，然后让其过目认定，若无出入，请其签名、盖章。证据的第一"环"，是打电话给闻风的那个老板，指证在何日何时发现白苇秋及另两个人到了古玩市场，又是怎么从那颗黑痣上确认无疑的。接下来，是根据时间顺序，去过哪几家古玩店购物的口述实录。

铁证如山，不压死白苇秋才怪。

闻风又撰写了一封检举信，连同所有的材料，兴高采烈地送到了文物局的纪委办公室。

他知道纪委对于这些材料，还要进一步调查和落实，时间会长一点儿。但他相信，天大的喜讯会如期而至。

一个月过去了。

D城的《都市新闻报》，忽然在头版刊出了一篇通讯——《白苇秋破例识古玩，民工妻赴沪喜换肾》。

正在翻阅报纸的闻风，触了电似的猛地跳起，然后又无力地坐下，睁圆一双眼睛，急急地读下去。

白苇秋果真去了古玩市场，果真购买了古玩。跟随他去的两个人，一个是D市慈善总会的副会长林菁；一个是农民工劳犁，他租住在D城的一条小巷里，和白苇秋是邻居。劳犁的妻子患了肾衰竭的大病，命悬一线，白苇秋捐助过不少钱。但要从根本上解决问题，只有换肾，而换肾需要五十万的巨款。

白苇秋没有什么积蓄，他领着劳犁去了慈善总会求助。可人家财力也有限，求助者太多了，顶多能拿出几万元。思来想去，他只能破例去一趟古玩市场了，凭借他的眼力和学识碰碰运气。但他不能不慎重，从银行取出仅剩的存款两万元交到劳犁手上，在选好古玩后由他付款；又请了林菁一路同行，买好的古玩由她暂收。他手不过钱也不过物，以免他人说闲话。之所以要戴上口罩，是怕古玩商认出他，导致看中的东西不肯出手。

老天有眼。白苇秋居然就捡漏了，以很便宜的价格，买到了宝贝。那只青玉镯子，玉中含水，称之为"空青"，稀罕至极。那块"寿"字玉佩，似玉而分量却轻，有点像琥珀，名曰"脱胎"，为玉中之玉、玉中之王。这玉佩先是被死人佩着入葬，经历数百年受了尸气，出土后又佩在生人身上，尔后再陪葬、再入土。入土出土两三次以上者，方为"脱胎"。把它放入一碗水中，水会变得通红。

所有古玩的出手，都是白苇秋亲自打电话给一些大收藏家的。但钱货交割时，林菁、劳犁和他都在场。"空青"卖了十五万元，"脱胎"卖了三十万元，其余的古玩共卖了七万元。都由林菁交给了劳犁。

劳犁要退回白苇秋垫付的本钱。

白苇秋说："你们留着用。我们一家，每月都有工资哩！"

……

闻风看完报纸，失望、痛苦、愤懑、惊恐，百感俱生，然后，又渐渐地冷静下来。他想：明天是星期五，按规定，上午是业务学习，何不出个通知，组织全馆人员学习和讨论这篇通讯呢？这件事，就不用和白馆长商量了。

他移近桌上的电话，拨起了办公室的号码……

虎啸震千山

　　年逾古稀的老画家高昌，阔别故乡虎山县三年后，欣然归来了。不是应县委、县政府的邀请，而是主动打电话要来，声明路费、住宿费、餐饮费都由自个儿掏，决不增加公家的任何负担。

　　县委书记荒薪说："你还耐烦等两年，虎山县会更好看。"

　　高昌说："等不得了，看了报纸和电视，想得我坐立不安。"

　　县长魏砬说："我们都很忙，没工夫陪您啊，怕失了礼数。"

　　高昌答："只给我派个向导就行了，由我负责他的所有费用。你们不陪，我更好去实地考察。哈哈。"

　　虎山县在本省的西南角，从省城坐火车去也就十几个小时，高昌居然三年没来。以前，每年他必来两三次，都是县委、县政府邀请的。虎山县一直戴着顶"贫困县"的帽子，属"老、少、边、穷"地区。"老"者，革命老区；"少"者，除汉族之外，还有苗、瑶、土家族；"边"者，处在本省的边界处；"穷"者，除了薄产粮食、木材、山货外，财政收入极为拮据。

为了稳稳地戴牢"贫困县"的帽子，省城、京城若有掌实权的大人物下来视察，县里没有什么稀罕东西款待，就提早把高昌接来，现场画张指画相赠，既不算是行贿，但画的名贵明摆着的，于是便会不断得到各级部门的扶贫救助款。除此之外，高昌只要听说县里有建希望小学、救灾、助残的消息，都会慷慨地寄钱过去。尽管他出来读书、工作几十年了，老家也没什么直系亲属。他住在省城，曾为潇湘画院的院长，退休了，"著名指画家"的头衔没变，对桑梓之地岂能不关心？

何谓指画？指画又叫指头画，是传统绘画中的一个品类。画家不用毛笔，而是用指头、指甲、手掌，乃至腕、肘，蘸水墨或颜料，在宣纸或素绢上作画。史载，指画的创始人，是清顺治时的高其佩，花鸟、人物皆佳，被誉为"神乎技矣，进乎道矣"。现代画家中的潘天寿，既可用笔也可用指头作画，成就斐然。高昌师法高其佩、潘天寿，以画人物和老虎见长。且喜欢作大幅，画人物神形俱妙，衣纹纯用焦墨，线条挺拔凌厉；画老虎，以指甲、指头勾线，以肘、腕印墨来表现其攫伏之势，最为人称道。

三年前，虎山县新换了县委书记和县长。一个叫荒薪，一个叫魏砇。都是三十岁不到，是名副其实的80后。他们到省城开完会后，特地来看望高昌。

在宽敞明亮的画室里，高昌热情地接待了他们。当高昌听他们自报家门后，说："二位的姓名很有意思，'荒'原之'薪'，一旦点燃，便会星火燎原。'破'者，是一种很有穿透力的放射性物质，什么障碍都可破毁。二位的姓名合起来，谐音'方兴未艾'，希望你们挂帅领兵，掀波扬浪，把'贫困县'这顶帽子摘掉，我老脸上也有光啊。"

荒薪说："高老，这么多年来，家乡真的麻烦你了，又是画画，又是捐款。我们上任后，下决心带领全县人民脱贫致富。"

"好。你们需要我做什么？尽管提。"高昌一捋花白的胡须，说道。

魏破说："在没有摘掉'贫困县'这顶帽子前，我们决不邀请你回家乡，也决不麻烦你去作什么应酬画。靠国家拨款扶贫，那是庸人之举，得苦干、实干、巧干，把经济搞上去！"

高昌说："画画，捐钱，我愿意！更佩服你们年轻人，有胆有识，敢想敢干。好，我在省城的家里静候佳音。"

末了，荒薪说："高老，我们想最后麻烦你一次，请你画一张画，就挂在县委常委会议室里，让我们一看见画，就脸红，就心跳，就不敢有丝毫松懈。"

高昌一笑，说："你一定想好画题了，快说，让我画什么？"

"远景是家乡的虎跳山，近景是花树丛中的一个摇窝，襁褓中睡着一个婴儿。题款为：靠国家财政哺乳，贫困县永远是贫困县。"

高昌蓦地站起来，向内室喊道："老伴，快拿酒来！这幅画我想了好多年了，只是怕冲撞了父母官，没有画。你们有这种胸怀，老夫要谢谢你们了。"

高夫人拿来一瓶酒和三个酒杯，把酒哗哗地倒满。

高昌说："来，两位小友，我们干杯，以此为约！这张画，我立即画好，让你们带走。"

三个人一齐干完杯中酒。

这三年，虎山县没邀他回去画过应酬画，也再没上门来求画去送人。

高昌看报看电视，或者打电话找熟人打探消息，虎山县真的甩开膀子干得热火朝天：发展多种经营，培育规模产业，种粮、造林之外，开辟了中草药园、水果园、蘑菇基地、蔬菜大田、野猪和野兔养殖场。并引进外资、内资，办工厂进行深加工，家具厂、竹器厂、罐头厂、腊制品厂、酱菜厂、石料厂、中药厂……同时，振兴旅游业，大搞农家乐，游玩、吃饭、购物。村村通公路，处处有商场、饭店、旅舍。

"贫困县"的帽子摘掉了。

可荒薪、魏砭没有邀请高昌回老家来。

高昌心想：这两个年轻人野心不小，还想好上加好，要让他真正的刮目相看。他等不及了，打电话通报一声，自个儿就来了。

到车站接车的，只有两个年轻人，他们说，书记、县长交代了，由他们陪高老参观，想去哪都行。高老满意了，书记和县长才敢来拜访，否则，无脸见人啊。

高昌扎扎实实参观了四天，走工厂，访园圃，看基地，问农家，虽然有些累，却心花怒放，不是一朵两朵，而是成团成簇。

高昌用手机联系上了书记和县长，说他要设晚宴感谢县委常委全体同志，人必须到齐。吃完饭，他要当众展示他带来的一幅指画新作。有一个不来吃饭的，他就立马回省城去！

晚宴设在高昌下榻的虎山宾馆，是由一位虎山县籍的台商开办的。

荒薪说："高老考察了几天，你说满意了，我们才敢来。"

"旧貌换新颜，我太高兴了。"

魏砹说："你请客，怎么行？我已通知办公室的人去买单。"

"我是代表老百姓，谢谢你们。这点钱，我还出得起，早把款付了。来，我敬各位一杯，你们辛苦了！"

酒过三巡。

高昌拿起放在身边的一个长条木盒子，从里面取出一轴画来。

"荒薪、魏砹二位小友，请你们一个人拿住一端，展开来。"

这是一幅四尺整宣的横幅，画的是一只立于山岗上的老虎，仰天长啸；身后是青松、翠柏、杜鹃花。画名为"虎啸震千山"，还题了一首小诗：方兴未艾致富忙，放眼故乡着新装。

襁褓不留哺乳虎，雄风卷过万山岗。

宴会厅里响起一片掌声。

高昌说："县委常委会议室的那幅《襁褓图》，明天由我看着你们取下来，再把这幅挂上去。虎山县如今是猛虎上山岗，谁敢小看？还有，我慎重宣布，由我出资在这里建一座'中国指画馆'，我把收藏的前人的指画作品，以及我个人历年来的得意之作一百幅，通通捐出来，让家乡有个好看的旅游风景点！"

荒薪、魏砭的眼里盈满了泪水。所有人的眼里都盈满了泪水。

波涛万叠

当五十岁的万小波，在这个深秋星期天的早晨，读到本市《晨报》上的一则广告时，突然呜呜地哭了。

《晨报》是妻子去市场买菜时，顺带买回来的。

"老万，老万，你哭什么？"

万小波止住了哭声，尔后又哈哈大笑起来。

妻子愣愣地看着他，说："幸而孩子在外地念大学，你这一惊一乍的，怪吓人！"

万小波兴奋地说："'汪海画水'十天后在市展览馆开幕。我父亲的话应验了，我也该出山了！"

"汪海？哪个汪海？"

"就是二十年前，到家里来买一百幅画的汪海。"

"哦，是他！"

万小波颤抖着手，从食品柜里拿出一瓶葡萄酒，斟上一大杯，坐在沙发上，慢慢地品啜。

一眨眼，万小波的父亲万里涛魂归道山二十年了，光阴荏苒呵，那还是 1990 年的深秋。

万里涛生前是市群众美术馆的美术专干。个子高而瘦，慈眉善目。他除辅导群众美术外，自个儿也画画。但在人们的印象中，他的画艺似乎平平，虽是大写意国画，却既不属花鸟、人物，也不是纯粹的山水。万里涛只痴心画水，江水、泉水、瀑布，或涟漪徐展，或波翻浪激，或飞流直下，线条变化多端，点染皴擦，气势倒是宏大，可没人看得出此中妙旨。作品既难发表，也难参展，购画者更是寥寥。而一旦逢假日，他便是自掏腰包，坐船乘车，到远处或近处去看瀑布、大江、溪涧，画了难以计数的写生稿。

谁会专只画水呢？宋代画家马远虽有《水图》十二幅传世，但更多的是作古正经的山水画。可万里涛对画水乐此不疲，一画就画了几十年。万小波觉得父亲就像那无形而有形的水，也刚也柔，纯真如泉水出山，刚毅如惊涛拍岸，忘我如瀑布坠谷。

万小波在很小的时候，就在父亲的督教下，以毛笔濡墨敷色开始画水。以后呢，高中毕业考上了美术学院的国画系，四年寒窗，毕业了，就到本市的一所中学教美术。到底是家学渊源，万里涛积历年心得所总结的画水八韵：漩韵、湍韵、垂韵、飞韵、声韵、带韵、卷韵、叠韵，万小波在父亲的耳提面命下，一一心领神会。但他和父亲一样，不管怎么画水，依旧不为人所关注，因此颇有"斯人独憔悴"的感慨。

万里涛总是谆谆告诫他："水有凝聚力，也有冲击力，破壁裂石，终会有那一天。你好好记着！"

为不让父亲伤心，他总是虔诚地频频点头。心里呢，却是一片茫茫迷雾。

一眨眼，万小波临近三十了。女朋友早谈好了，也是个教师，但家境清贫。结婚是万事俱备，只欠东风——就差一套房子了。万家住的是一套两居室的老房子，总面积才六十多平方米，总不能再挤在一块吧，那也太寒碜了。另买一套呢，家里所存的那几万块钱，能管什么用呢？而且万里涛因平生太爱喝酒、抽烟，患了肝癌，且已是晚期。

老的愁，少的也愁。

1990 年深秋的一天，汪海如天外来客，走进了万里涛的家。

三十岁就已发福的汪海，也是学美术出身的，家里经济条件好，汪海一毕业，就给了他一笔钱，让他办了一家广告美术公司。不知是父母的人缘好、关系多，还是他舍得花力气拼打，反正公司的业务蒸蒸日上。在本地商界，汪海成了一颗耀眼的明星，风风光光地成了家，有房、有车、有钱，人们都恭敬地称他为"汪总"。

他到了万家，直截了当地说："我是来买万先生的画的！"

接着又说，"我叫汪海，此生注定与水有缘，而且也喜欢画水。我希望家藏万先生的画，可以朝夕临写，不过——只是为了增添素养而已。"

万里涛吸着呛人的香烟，吐出一个一个的烟圈，一直没有作声，眼睛微眯着。

"万先生，我出一千元一张，不论大小，但都要画水的。"

万里涛淡淡地问："你要多少？"

"一百张。"

"行。但我有个条件，要先付款。"

"可以。万先生是为了儿子买房吧？我能理解。"

万里涛顿了一下，汪海怎么连这事都知道了？于是，爽快地说："不——错。"

"但我也有个条件：所有的画，您都不要题字，也就是题款，也不必钤印。素面朝天，干干净净，我最喜欢。"

画不题款，也不钤印，还算是一张国画吗？

万里涛很潇洒很高兴地说："这省了我多少事呵，行！"

汪海得意地笑了，从鼓鼓的手提包里拿出几大沓百元钞票，很夸张地放在画案上，问："万先生，完成所有的画，两个月行吗？"

"行。"

于是，正在休病假的万里涛，从第二天起，一边服药，一边濡墨泼色，开始画水。

老伴急，儿子也急，干吗拿生命开玩笑呢？

万里涛说："我这病还能出现奇迹吗？人固有一死，没什么可愁的。我赚这笔钱当然是为了儿子买房；可也不全是，我不甘心呵，画了几十年的水，就这样遭人冷眼！我现在看到希望了——不过是在许多年之后！"

两个月后，一百幅水图画好了。

半夜里，万里涛把老伴和儿子叫到临时当画室的小客厅里，疲惫地点上烟、倒上酒，缓缓地说："房子买了，也装修了，小波你们就赶快结婚吧，要不，我都等不及了。"

老伴说："怎么说这些晦气话？你不是好好的吗？"

万里涛摇摇头："我知道来日无多了。"

万小波轻轻地啜泣起来。

"小波，男儿有泪不轻弹。我有几件事要交代你。这一百幅画，我每画一幅，都是用两张单宣叠在一起画的，上面的墨色渗印到下面，可说是'双胞胎'。上面的这张自留，并题款钤印；下面的那张，有笔墨不到的地方，我稍补了补，没题款钤印，是卖给汪海的。我明白，汪海之所以买没字没印的画，他自有想法，若干年后，这些画他会题上自己的字、钤上自己的印，然后大张旗鼓地把自己推介出去。到时候，我真正的原作在你手上，你会知道怎么办的！我还要叮嘱你，从现在起，除在学校教美术课之外，不在任何公开场合画画、谈画，练画只在没有外人的家中。"

"为什么呢？"小波问。

万里涛呷了口酒，说："以后你会明白的。"

第二天，汪海高高兴兴地取走了画。

一个星期后，万小波和女朋友举行了热热闹闹的婚礼。

三个月后，万里涛溘然而逝。

……

"汪海画水"的个人美展，因报纸、电视台的炒作，极为轰动。开幕式这天，万小波挤在如流的观众中，去细看了展出的作品，不多不少，一百幅，画的全是水。更令他惊诧的是，全是当年父亲的原作，只不过汪海题上了自己的款识，钤上了自己的名章、闲章。汪海的字，俗气，款识也是东抄西录拼凑出来的，平庸，真正是有辱了父亲的画！在这一刻，他明白了父亲嘱托的深意。这个汪海呀，当年买画可说是"运筹帷幄"，以为待万里涛去世多年后，且他的儿子又专业疏懒，充其量只是个中学美术教师，自然可由着性子来独领风骚了！

万小波的嘴角，溢出一抹冷峻的笑。

万小波也是早有准备的，汪海能预料到吗？父亲当年的一百幅原作，他不动声色早送到外地去装裱好了，然后小心地收藏着；自己历年所画自认为满意的一百幅《百瀑图》，也早装裱一新等待面世。他立即去了市群众艺术馆，和现任的年轻馆长商量，请求借该馆的展览大厅展出父亲和他的画水作品，并说明了"汪海画水"的来龙去脉。

馆长一拍胸脯，说："令尊是本馆的老前辈，宣传他我们义不容辞。哼，这个世界岂容鱼目混珠！"

三天之后，"万里涛、万小波画水联展"，轰轰烈烈地拉开了序幕。

这可是重大新闻呀，"汪海画水"的一百幅与万里涛所画的一百幅，"画"的部分，居然丝毫不差，竟同是出自万里涛一人之手！经新闻媒体的不断报道，专家名人的慎重推介，真是观者如堵，好评如潮。

汪海的西洋镜被戳穿了，他只能赶快撤展溜之大吉！

满城人，不，还有外地人，都知道了中国当代，不仅有一位专画水的著名画家万里涛，还有传承其衣钵的儿子万小波！报纸、杂志争着发表他们父子的作品，收藏家、画廊老板拥挤着前来商谈购画事宜。

万小波趁热打铁，又召开了一个新闻发布会，宣称已与家人商定，将父亲万里涛的这一百幅画水作品和自己的一百幅《百瀑图》，无偿捐赠给本市最具权威性的美术馆作永久收藏！

不久，万小波被调到美术馆，当了一名专职画家。

接着，父子画作的大型合集出版了，书名叫《大浪淘沙》。

万小波常被请到美术学院去讲课；不断有人来购买他的画水作品。他还应一家出版社的邀请，开始撰写关于父亲人生经历和艺术追求的书传——《万里风涛死未休》。

夜深人静，在新购置的宽大的住宅里，万小波常会一个人静坐在画室，久久地凝视着墙上父亲握笔作画的大照片，他分明听见波涛翻滚之声，轰隆隆从那笔端而来，排山倒海，激扬在天地之间……

名 净

京剧中的生、旦、净、丑几大行当，净屈居第三，俗称花脸。花脸中又分出几条支脉：重唱的"铜锤"，重做的"架子"，重武打的"武花"，能翻能摔的"摔打"。圈内人传言：千生万旦一净难。什么意思呢？造就一个名净，就和造就一千个名老生、一万个名旦角，具有同等的难度。一个名净能专于一途卓然而立的已属不易，还能兼及他途的，更是凤毛麟角。

窦戈就是这样一个大牌名净。

窦戈，字干城，今年七十有八。从十岁粉墨登台，轰轰烈烈一直唱到六十五岁时，便潇洒地急流勇退，隐归于古城小巷中的一个花树蓊郁的小院里，安享晚年。他幼功扎实，又有长年累月的艺术实践，再唱个十年八年是没有问题的。但他明白，自己已有了冠心病的先兆（他没有告诉剧团的任何人），演到戏中酣畅处便有吃力的感觉，只是旁人看不出来。何况，剧团里唱净角的年轻演员（当然也包括他的儿子）都能挑大梁了，他得挪出位置来，见好就收吧。

窦戈一生中饰过许多个角色，演过许多不同的剧目，《珠帘寨》中的李克用，《阳平关》中的曹操，《坐寨》《盗马》中的窦尔敦，《二进宫》中的徐延昭，《刺王僚》中的姬僚……能唱、能念、能打、能翻，"铜锤""架子""武花""摔打"四大门一人均工，哪回上台不是掌声四起。他却早早地退出了舞台，但心还在"戏"中，晨起练功、喊嗓，白天则是栽花、种草、练字、读书，写一点给自己看的"舞台拾旧"之类的心得体会。但真正退下来后，病情也就明显起来，这真是怪事。在老伴的督促下，他定期到医院做检查，按时吃药，十多年来也就没有出过什么险情。

秋风飒飒地刮起来了。小院里忽然来了本省一家电影制片厂的名导演荆棘。这个五十岁出头的荆棘竟是儿子的朋友，一见面就恭恭敬敬呈上儿子写的一封短笺。

"小戈没来？"

"窦老板，他正排新戏呢。您不是只让他一星期来一次，免得耽误工作吗？"

窦戈笑了。

他们在一丛芙蓉花下坐下来，窦师母给他们沏上君山毛尖茶，便悄悄地在旁边坐下。

荆棘是个京剧票友，从小爱看窦戈的戏，他说窦老板"架子花脸铜锤唱"的风格真是绝妙，他说窦老板的"架子"矫健大方，特别是饰《坐寨》《盗马》中的窦尔敦，至今无人能及！

窦戈哈哈大笑，想不到眼前人竟是知音。

趁着窦戈高兴，荆棘说出了来意："老爷子，你的好玩意不能让世人只有个念想，得拍成电影，把这笔财富活生生留下来。我想拍您的舞台剧《坐寨》《盗马》，您看行不行？"

窦师母说："荆导演，我家老窦身子骨不如从前了，天天吃药哩。"

荆棘说："这我知道。拍电影不像登台演出，是一口气演完，在拍摄厅可以慢慢拍，累了，歇着；歇好了，再拍，没有时间限制。窦小戈也请到现场，有吃紧的地方，他可以当一下替身。很多戏迷想重看老爷子的戏，想知道老爷子身上的好玩意还在不在！"

窦戈双眼突然光芒灼灼，说："为了戏迷，我应了。还用不着小戈当替身！其他演员呢？乐队呢？"

"这您放心。都是您原先剧团的班底，我和他们早谈妥了，特聘小戈管场务，好随时照料您。"

拍电影的事就这么敲定了。

拍摄厅毕竟不是舞台，一切都得按导演的分镜头剧本办。先是"响排"（分场排练）、"连排"（整场连着排练）、"彩排"（化妆着装排练），尔后才是正式开拍。

年届半百的小戈，一会儿前台后台地吆喝，一会儿跑到父亲面前嘘寒问暖，忙得满头大汗。窦师母提着一个手提包，里面放着各种应急药品，提心吊胆地坐在一个角落里。

　　终于正式开拍了。化过妆、穿上戏服的窦戈，全身上下英气飞扬，哪里看得出是个年近八十的老者。荆棘特别欣赏窦戈的脸谱：蓝花三块瓦，呈蝴蝶图案状；眉间白纹上勾出双钩形象的象征性皱纹，并在红色眉子上勾画黄色犄角；鼻窝勾成翻鼻孔的式样，刚正而勇猛。装束也漂亮，头上打蓝扎巾，在扎巾外戴大额子，扎巾上的火焰和额子上的绒球互相辉映；穿两边掖角、带小袖的蓝龙箭衣，系绦子、鸾带；箭衣外罩蓝蟒，腰横玉带；下穿红彩裤，足蹬黑色厚底靴。

　　四"头目"、四喽兵依次上场后，窦尔敦在"四击头"中左手提蟒，右手抄水袖，两肘撑圆，二目远视，款步出场。真是名角风范，要不是现场高悬"静"牌，不知有多少"好"要吼将出来！

　　荆棘高喊一声"停"。拍完这一组镜头，遵小戈之嘱，该让老爷子喘口气了。

　　不是演得正顺，干吗停下来？窦戈觉得很别扭。小戈捧着把紫砂壶过来，说："爹，您啜口茶，歇一歇。"

　　这部片子拍了差不多两个月才杀青。拍几个镜头歇一歇，慢工出细活，老爷子不吃力，窦师母总算是长舒了一口气。

　　后期制作完成后，在庆功宴上，窦戈向荆棘突然提出了一个要求：“你拍的电影，是一个镜头一个镜头'磨'出来的，看不出我的真功夫。我得在台上面对观众，作古正经地演出来，证明我不是浪得虚名，这是戏德。演完了，你的电影怎么发行，都由着你了。”

荆棘看了看窦师母和小戈。

“你别看他们，就这么定了！”

满城顿时沸腾起来，名净窦戈在息影舞台十三年后，重演《坐寨》《盗马》，戏票一下子就抢卖一光。

这是个初冬的夜晚，飘着小雪花。

窦戈铆足劲，把这两折戏演得出神入化，每一个细节都充满经典的意味。掌声、喝彩声此起彼伏，果真是宝刀不老啊。戏结束了，窦戈谢了三次幕，才大汗淋漓地回到后台卸装。

他真的累狠了，大口大口地喘着气。他问站在旁边的妻子、儿子和同人：“今晚没让大伙失望吧？辛苦你们了。”然后头向后一仰，搁在椅背上，嘴角突然涌出了猩红的血，微微闭上了双眼⋯⋯

影片公演时，荆棘加了个片头：最后的辉煌——谨以此片献给窦戈先生。

长峡墨香

    年近知天命之年的著名书法家牧字人，从遥远的湘中古城湘潭，一个人悄悄地来到鄂、陕交界处的竹溪县十八里长峡，已经四天了。

    竹溪当然不是他的故乡，他是在湘潭乡下一个穷苦家庭出生和长大的。后来，在书法上崭露头角，调到书画院搞专业创作，跻身于全国书坛的名家之列，眼下已是堂堂皇皇的院长了。无论他名声如何显赫，潜藏在心底的那一份乡土之恋总是挥之不去。尽管父母早已过世，每年春节前夕，他都要自带笔、墨、红纸，回到那个偏僻的小山村，为乡亲们书写春联。他读初中时，家里交不起学费，年老的班主任向春生总是从微薄的工资里，拿出钱来替他交。他成名后，自筹了十万元，在母校设立"向春生教育奖励基金"，资助那些贫寒学子。他说："人是要懂得感恩的！"

他第一次到竹溪来，是几个月前的春末。县政府忽然寄来一个请柬，邀请外省一大群书法家到这里参观各个风景点，尔后留下墨迹，备作"碑林"入选作品，但坦言是贫困县，旅游刚刚起步，付不起什么报酬。他立即回了电话，保证准时赶来。在那一刻，他想起了故乡的农民兄弟，企盼脱贫的殷切目光。

这个县幅员广大，山高林密，登楚长城，访十八里长峡，听向坝民歌，泛舟标湖……行色匆匆，走马观花地盘桓了四天。离别前的那个夜晚，在县城一个宾馆的大厅，摆开桌案，由书法家们挥毫作字，观者如堵。

在所有的景点中，牧字人对十八里长峡印象最深，那里的云来雾往，那里的奔跑着野牛的高山草甸，那里的溪、河、泉、瀑、石、崖、树、洞，无不透现出远古的单纯和静穆，俗尘不染，物我两忘。他铺好一张八尺整宣，乘着晚餐后浓浓的酒意，用正楷颜体，即兴写下一首自作的七律："入峡森森日影轻，溪河浪激石铿铮。峰峦掩面云霞里，泉瀑吟龙洞穴中。红豆杉贞年岁古，绿林寨老堑苔深。眼前尽是桃源客，未见俗尘袖上侵。"然后落下年、月、日和姓名，钤上名章和闲章。他平生喜习楷书，楷书中又最喜欢颜体，颜体中尤钟情《勤礼碑》：通篇博大沉雄，用笔苍劲挺拔，结体严峻开张，凝重而无呆滞，敦厚而见潇洒。这幅字他自谓会有《勤礼碑》的风致，身前身后的赞叹声，便是最好的佐证。

风流云散，第二天大家揖别竹溪，踏上各自的归途。

一周前，牧字人收到从竹溪寄来的快件，里面有一张大照片，摄的是一块雕着石座的大理石碑刻，原作就是他写的那首七律。刻手的功夫极好，阅稿、选石、磨石、上墨、过朱、打样、镌刻，每一道工序都无懈可击。但他的原作，也就是墨稿，却让他冷汗沁背，整体效果虽不错，但有些字写得过于疏放，失之严谨、敦厚。是那晚酒喝多了？还是在众人的赞叹声中有些得意忘形？他不能让这样的作品留在竹溪，将来后人是要指背而叱的！好在碑还刚刚刻好，整体安放到碑林里还要一段日子。他决定重写，再让刻手重刻，石料费、工钱都由他来付！于是一个人悄悄地来到十八里长峡，住入一家农家旅店，不惊动任何人。

这四天，他吃了早饭后，带上几个馒头和咸菜，进峡去，慢慢走，细细看，傍晚时再回到旅店里来。夜晚灯下，在房间的大方桌上，心平气和地抻纸挥毫，写了一遍又一遍，直到半夜鸡叫，才上床安歇。

今天是第四天了，等同于上次来竹溪的时间，不同的是，牧字人这次的四天全丢在十八里长峡。心真的静下来了，都市的喧嚣了无踪迹，山形水态，云影鸟姿，全融入了他对书法的思考之中。静生慧，静生灵性，真的不假。当他走出峡口，回到旅店时，天色已经暗下来了。虽说是盛夏，风却是清凉清凉的，毫无暑热之意。

店主姓刘，年岁略长于他，但头发青青，只是脸上刻着深深的皱纹。见他进门，热情地迎了上来。

"牧先生，我请你到餐厅用餐，酒和菜全备好了。"

牧字人以为回得晚，随便请厨房煮碗面充饥便可，没想到店主倒要做东请客。他很感激地说："老刘，多少钱都算在我的账上，何必你做东。"

"我要尽地主之谊，你别客气。"

餐厅里电灯明亮，在正中的一张八仙桌上，摆着六大碗菜、一坛米酒，以及酒碗、饭碗、筷子等物。

"牧先生，请坐上方。"

"你是主人，我是客，你上坐！"

"你是竹溪的贵客，坐下后我有话说。"

牧字人只好坐在上首，老刘便在下首落座。

餐厅里早无客人用餐，很安静。

老刘给两个酒碗斟满了酒，说："你远道而来，祝你心身愉快，我们先干了这碗。"

酒很纯很香，两人碰了碰碗，然后干了个底朝天。

"牧先生，其实我认识你，你可能没注意到我。几月前的那个夜晚，你当众挥毫写颜体字，写的是关于十八里长峡的一首七律，我就站在你旁边。"

"我的那幅字，酒喝多了，没控住手腕，有些字写砸了。"

"因此，你又来了，为的是重写那幅字。"

"老刘，你是怎么知道的？"

"你一进店，我就认出你了，但没声张。每天你出门后，我到你房间里打扫卫生，看到你摆在墙角的书件，写的都是那首诗，就明白是怎么回事了。我也从小爱好书法，略知一二吧，那晚你写的字我看出了毛病，却不能说，领导交代我们不要多言，以致让你又来了一趟。"

"老刘，我不枉重来这一趟，脑袋开悟了哩。你别客套，评评我这几晚写的字。"

"第一晚写的字，虽平平，但已见灵气跃动了。第二晚写的字，有了进展，端庄中见法度，但少了些开张之势。昨晚呢，几乎张张不错，收放得体，有《勤礼碑》的风骨，还有你自身的飘逸之韵，就像这长峡，气象万千哩。写得最好的一张，我特意放在你的床铺上。"

"我相信你的眼力，明日就把这张交到县里去，当然还要交上重刻所需的全部费用。酒逢知己千杯少，来，老刘，借花献佛，我要敬你一大碗。"

"且慢，牧先生，我是竹溪人，还是让我来敬你吧。"

窗外，月亮升起来了，又大又圆。云雾薄如蝉翼，月光如水，明明亮亮地倾倒到餐厅里来。

牧字人蓦地站起来，去把电灯关了，月光更白更浓了，盈满了一屋子。

"老刘，我忽然有了两句诗：举盏情犹烈，关灯月更明。"

"牧先生，我狗尾续貂了：青山窗外立，听我论生平。"

"好！"

"明早，你动身前，我有一事相烦。"

"请说。"

"想请你看看我平日的书法习作，望不吝赐教。"

"老刘，我当洗手、焚香，认真拜读！喝酒！"

"喝。今夜，我们要一醉方休！"

……

朝　圣

　　夜色是从附近的山头泻下来的，先是黑了山巅，然后是黑了山腰、山脚。这一片空谷还铺着昏黄的光亮，但只一眨眼间，夜色就疾速地逼到脚前，于是什么都看不见了，出谷唯一的路也沉入夜的深处，连轮廓都被舔尽。初秋的山野，渐渐地添浓了寒意，风冷冷地拽住他的衣角，似送还留。他听见满谷的茅草沙沙地吟唱，喑哑得叫人难受。

　　他在这古墓边已待了整整一天。两顿干粮，一壶凉水，滋养着他凝重的思绪。他从很远很远的地方来，为寻找这深埋在黄土下，并未冷却的血的潮音。他已经非常熟悉这古墓了。那墓碑，那墓台，那绕墓台一圈的石栏杆，已嵌入他的心坎。多少年的风霜雨雪，磨蚀了石头的表层，变得粗糙，不，是粗犷，这似乎与那一页历史非常的和谐，与志士当年的行状取得一种默契，因而显示出更撼人心魂的力度。

他用手一次又一次地去触摸石头的棱面，指和掌便有生痛生痛的感觉，同时还传出细微但却是刚劲的摩擦声，刺激得他很兴奋。

"你是为晚清变法而溅血献身的。那狰狞的鬼头刀在残阳的晕影里，被你的铁颈撞出了一个极大的缺口，殷红的血流从那缺口上迸溅开去，形成一道永不陨灭的血虹。你本可以安然地出走，却毅然回转身，朝死亡走去。你渴望用血，用'我自横刀向天笑'的笑，冲开厚壁似的黑暗，使国民窒息的心地，透进如许奋争的活力。

"从某种意义上讲，你才是一个真正的诗人。

"可当你回到了故乡，却寂寞了山地的晨昏，寂寞了如流的岁月。

"我来拜谒你，作为一个新时代的诗人，我应该写出一首真正的诗，为我们的祖国，为我们崛起的民族……"

许吟风坐在墓台上，凝然不动，俨然墓前的石雕。他陪伴了这位先驱者一个白天，他想再在这墓台上宿一夜。

在深沉的夜晚，细细地谛听从大地深处传来的脉跳，好好地感受一下这个氛围的内涵。他是为寻找一首诗而来的，但又不全是，至少是此刻。当他一个人守候在这里时，还生发出另一种感叹，这里太冷寂了。他觉得应该在这儿多待一夜，默默地和这位陌生而又熟悉的先驱者，用心来交谈。

初秋的白日依旧燥热,但夜晚却清凉如水。他穿得很单薄,大约因为还年轻,心上微微地透着热气。夜是深邃的,又是神秘的,神秘得使人有些恐惧。这山地就只他一个人。村落在山的那一面,而且是一个极小的村子。这小小的村子居然出了这么一个伟大的人物,历史有时显出一种不可深究的奇特。

古墓后面的一丛杂树间,哗啦啦一阵乱响,传来很尖利的叫声,接着又远了,一点声音也没有了。

是一头狼,还是一条豺狗?

他全身痉挛了一下,但他没有动。

"没有那个必要。真要是狼或是豺狗,要对付这么一个文弱而又手无寸铁的人,实在是非常简单的事。"

这儿太荒凉了。

早晨他经过村子,打听这位先驱者的墓地在哪儿时,竟有许多人不知道。他只好费力地加以解说,根据他在图片上所见到的古墓的模样,听的人才似乎从梦中醒来,连连说:"你是问那个石坟堆?在那片山谷子里,好牢实,躺在这样的'屋'里,真是福气。"

他的心淌出血来。

"你一定不会惊诧吧?老前辈。当年你走向刑场时,多少人用麻木的脸对着你,许多双眼睛里没有愤怒只有迷惘,你想从那里面寻找出一星半点火花,没有!迎着那鬼头刀,你慷慨地笑了,那笑里就没有痛苦?"

他来到墓地，太阳升起几竿子高了。他的影子投在墓台上，淡得透明。他把脚步放轻又放轻，仿佛怕惊扰了这位先驱者的思绪。

作为一个诗人，该怎样去评价这一腔泼洒在历史的板地上的热血？该怎样用诗的铁锤去撞响灵魂的金钟？

他相信会在这里找到情感的喷发口。

他感觉到身后有几个孩子在站着，小小的身影叠在他的脊背上。

他回转身去，面前站着的是几个拾柴的孩子，每人一个大筐，一个小柴耙。他们奇怪地打量着他，像欣赏一只从没见过的动物。

他觉得很有意思，山村孩子的脸是黝黑的，像上了釉，短裤，短衫，手臂很壮实。

一个胆大的孩子问他坐在这儿做什么。

"看古墓。这里埋着一个英雄。"

"我们天天看，看厌了，城里多好玩。我爹说，这石头结实，要是做新屋的基脚最好了。"

许吟风差点被激怒了，恨不得给他一个耳光！他终于忍住了，孩子还小，可小不应该是一个什么堂皇的理由。他们该上学了，老师难道不会讲起这位故土的先驱者？

"你们今天没有上学？"

"早没上学了，家里要人手干活。干活好玩，读书不自在。"

太阳正悬在头顶，许吟风一点儿也不觉得热，背上渗出一层冷汗。

他觉得他应该给孩子们讲讲这位长眠者的故事。

他从行李袋里拿出几盒饼干，叫他们一起用午餐。孩子们欢呼着围在他的身边，在片刻的迟疑后，狼吞虎咽地吃起来。

他把故事讲得很动情，几乎淌下泪来。

孩子们虽没有作声，但似乎并没有听懂，只是不停地嚼着饼干，干燥的粉屑飘落在墓台上，薄薄地铺了一层。

他的声音渐渐地变得软弱无力，故事没讲完，就停住了。

沉默是一种享受。

孩子们是什么时候走的？他不知道。他只是沉默地坐着，想他的心事，想他的诗。

白天尽了，夜显得很疲倦。

他轻轻地躺在墓台上，用行李袋做了枕头。远远的天上，寂寞着美丽的星星，淡淡的光显得凄迷。他睡不着，眼前老是幻现着无数的火把，火把下灿烂着许多张虔诚的脸庞。他们是来瞻仰古墓的，火把逼迫着夜退向很远很远的地方。夜真美。

果真见到火光了，从谷口那个方向，投掷出一个巨大的光的晕圈。

是几支硕大的火把。

他兴奋地坐起来，等待那些火把的临近。

居然来了七八个人，都很年轻，肩上挎着半自动步枪，一下子把许吟风围住了。

火把悬在他的头顶，很香，是松枝火把。

那些脸很威严，仿佛罩了一层秋霜。

"你来干什么？我们是巡逻的民兵。"

"来寻找诗。我想写一首诗。"

"诗？"

他们冷笑了。

"这里有什么诗？分明是来盗墓的。"

他愕然了。

"我没有钢镐铁锹，怎么盗墓？用手指尖去刨石头吗？"

"满伢子他们回去告诉我们，说有一个怪人坐在这里发呆，一定是来探路的，看将来怎么下手盗墓。"

他不想解释了。一切解释都是无用的，干脆沉默吧。可是围着的人并不散，他们不是小孩，他们比小孩成熟多了。

"走！到乡派出所去！"

有一个小青年从肩上摘下了枪，还得意地拉了一下枪栓。

"可别走了火，这样死了真冤，以一个'盗墓者'的身份死在枪口下。"

许吟风慢慢地站起来，背上行李袋，对着他们笑了一下，笑得很难看。

他真想大哭一场，对着这古墓和长眠在冰冷的石块下的先驱者。

　　他沉重地向前走去，所有的人前后左右簇拥着他。不是簇拥，是押解！不是被敌人押解，而是被善良的人押解。

　　火把噼噼啪啪地响着。

　　夜已经很深很深了……

大　师

　　上午九点钟的时候，八旬著名山水画家黄云山，正坐在画室的大画案前用紫砂壶啜着茶，目光却移动在一张铺好的四尺宣纸上，下笔之前，构思着一幅《深山行旅图》。

　　门铃小心翼翼地响了。过了好一阵，门铃再一次响起，透出一种急迫的心情。

　　怎么没人去开门，小保姆呢？老妻呢？

　　黄云山有些生气，正要大声呼喊，猛然想起小保姆上街买菜去了，老妻替他上医院拿药去了，家里就只他一个人。他本想不理睬，但一想，倘若来的是一位老朋友呢？岂不有失礼数。

　　重重地放下紫砂壶，他急急地走出画室，穿过客厅，猛一下把门打开了。

　　站在门外的是一个五十多岁的陌生汉子，风尘仆仆，右手提着一个旅行袋，左手拿着一幅折叠着的没有装裱的画。

黄云山问："你找谁？"

来人彬彬有礼地向他鞠了一躬，说："您是笔樵先生吧？"

黄云山很意外，来人居然知道他的字，便点了点头。

"笔樵先生，我叫秋小峦，是一个乡村教师。我从外省一个偏远小县来到北京，只为了了却父亲秋溪谷的一个心愿。他也当了一辈子的乡村教师，也在业余画了一辈子的山水画，对您又极为钦佩。不久前因病辞世时嘱咐我：'无论如何要携画去京请笔樵先生法眼一鉴，看此生努力可否白费，回来后在坟前转告我，我也就可以闭目于九泉之下了。'"

秋小峦说得很快，为的是怕耽误黄云山的时间。

黄云山有些犹豫，像这样上门求教求画求鉴定的人太多了。他年事已高，实在是没有精力应付了。

"笔樵先生，十九年前，也就是 1978 年，我父亲行将退休，县教育局组织老教师进京参观。他多方打听到您的地址并找到这里来拜访，恰好您外出讲学，便留下一封信交给了尊夫人。"

黄云山"啊"了一声，似乎有点印象，又似乎一点印象也没有。他把一只手习惯地扶住门框，依旧没有请客人进屋的意思。

"您放心，我不进您的家，只想耽误先生几分钟，请您看一看这张画，我也就可以向死去的父亲作个交代了。"

秋小峦的眼圈红了，眼角有泪光闪烁。

"好吧。"黄云山为秋小峦的孝心所感动，脸上有了笑意。

他接过那张折叠好的画，缓缓地打开。是一幅用积墨法画出的《楚山春寒图》，苍苍茫茫，云烟满纸，繁密处不能多添一笔，却能做到不板、不结、不死；在最浓墨处也能分辨出草、树、石的层次，称得上是大气磅礴，浑厚华滋。

黄云山激动起来，大声说："恕老朽怠慢，请进！"

他们一起走进了画室。

黄云山问："除了此画，还有吗？"

"旅行袋里还带了二十余幅，其他的都在家里。"

"待我净了手、焚香，我要好好看看你父亲的大手笔。国有颜回而不知，我深以为耻！"

黄云山净了手，又擦拭干净，忙给秋小峦沏上一杯茶，再寻出一个铜香炉，插上一根点着的檀香。

满室芬芳。

黄云山足足看了两小时，然后长叹一声，说："能得积墨法妙处的有明末清初的龚贤，现代画家中，就要数黄宾虹和你父亲了，可惜这两位也都先后过世，悲哉！悲哉！从你父亲的用纸上，可看出他生前生活的窘困，而从画面上又看出他的豁达乐观和淡泊名利，我辈惭愧！"

他们坐下来开始亲切地交谈。黄云山问得很细，诸如秋溪谷的身世、师承、生活、读书……秋小峦虔诚地一一回答。

黄云山说："你一定要进京来为你父亲办一个遗作展，他是一个可以进入美术史的人物，是真正的大师。我给你写几封引荐信，让我的老友们开开眼，别高居北京，以为天下无人。费用、场地、新闻发布会，我们来安排，不用你操心。"

然后，他站起来，向秋小峦鞠了一躬，说："一是谢谢你的孝心，为了令尊的嘱托，不远千里而来；二是请你原谅我的失礼，差点与一位大师的作品失之交臂。"

秋小峦忍不住大声恸哭起来。

看看壁上的大挂钟，十一点了。秋小峦慌忙站起来，揩干泪，说："笔樵先生，我该走了！"

"不忙，在此午餐！"

两个月后，"秋溪谷先生遗作展"在北京的美术馆顺利举行，观者如堵，好评如潮。

在众多记者和名流参加的学术讨论会上，黄云山真诚地对秋小峦说："我愿以我平生的一幅得意之作，交换你父亲的任何一幅小品，以便时时展读，与他倾心交谈！"

掌声如雷鸣般响起来。